FACADE OF MEMORY

골목의 기억

Facade of Memory
골목의 기억

초판 1쇄 발행 2017년 6월 5일

지은이 **김혜식**
펴낸이 김선기
펴낸곳 (주)푸른길
출판등록 1996년 4월 12일 제16–1292호
주소 (08377) 서울시 구로구 디지털로 33길 48 대륭포스트타워 7차 1008호
전화 02–523–2907, 6942–9570~2
팩스 02–523–2951
이메일 purungilbook@naver.com
홈페이지 www.purungil.co.kr

ISBN 978–89–6291–412–2 03810

FACADE OF MEMORY

골목의 기억

김혜식 포토 에세이

푸른길

"자주
그 골목이
그리웠다."

프롤로그

　때때로 사진을 참 잘 찍었다 싶을 때가 있다. 사진 작품의 완성도가 높아서가 아니라, 사진 한구석에서 추억으로 통하는 통로를 만났을 때 혼자 감동하거나 그런 생각을 하게 된다. 공주 골목을 찍었는데 문득 정릉집 골목으로 들어서곤 한다. 그리움으로 울컥하다. 그러다 보면 그렇게 쏘다니던 골목에서 공주 골목이나 정릉 골목길만 보았겠는가, 때때로 인생의 골목길까지 들어가곤 하였다. 그리하여 더 자주 그 골목들이 그리웠다.

　골목을 쏘다니던 버릇은 여행지에서도 이어졌다. 어딜 가나 유명한 관광지보다 골목을 돌아다녔다. 특히 왁자지껄한 시장통에선 살맛이 났다. 그리하여 돌아와 그 여운을 묶어 『쿠, 바로 간다』와 『무함마드 씨, 안녕! – 모로코와 뒤늦게 친해지기』라는 포토 에세이를 출간하기도 했다. 주로 허름한 골목 사진이거나 시장 풍경 일색으로, 거기서 만난 사람들을 얘기했다. 어지간히 골목들을 쏘다닌 사진을 통한 내

애기였다. 그러다가 급기야 공주 골목들을 여행자의 시선으로 들여다보면 어떨까 하는 생각을 하게 됐다. 늘 다니던 골목도 때때로 여행지처럼 낯설게 느껴지거나, 문득 그들의 안부가 궁금하기도 했으니까. 내가 진짜 좋아하는 골목은 여기에 있었으며, 내 추억은 여기서 다시 시작할 수 있다는 걸 느꼈으니까.

세상의 모든 골목은 언제나 재미있다. 얘깃거리도 많다. 공주도 다르지 않았다. 너무 흔하고 너무 익숙해서 새로운 맛이나 긴장감이 없을지라도 조금만 더 들여다보면 더 재미있는 속살이 보였다. 결국은 내 속살이 아닐까 생각한다. 내가 다니던 골목, 내가 만난 사람들의 이야기이다. 모쪼록 당신도 딱 한 번만 내 풍경 속을 다녀가길 바란다.

고흐는 그가 죽기 전까지 살던 아를에서 자신의 마지막 삶을 풍경처럼 그렸다. 그가 자주 다니던 밤의 카페 테라스, 노란 집, 별이 빛나는 밤의 론 강, 생폴 정신병원까지 그의 그림을 보다 보면 그의 마지막 인생의 골목길이 보인다. 내 사진도 누구에겐가 그러하길 바란다. 잘려 나간 사진 끝 풍경을 단서로 골목 같은 좁은 기억을 따라가다 한 편의 그림 같은 풍경이 그려졌음 좋겠다.

차례

프롤로그   *6*

 I   골목의 기억

오래된 상처, 그 골목의 안부   *27*

해지개 마을, '잘 있는가 내 청춘'   *30*

똥수깐까지 그리운 정릉집

골목은 그렇게 지나간 삶의 모퉁이를 가졌나니   *35*

추억 속의 공포, '제1의 아해'에 대한 기억   *38*

골목이 그리운 건 '그때'를 가져서이다   *41*

골목, 요기요기 붙어라   *44*

공산성 아랫동네, 그래서 산성동   *49*

그 골목에서 풀꽃 하나라도 뽑아내지 마라   *53*

추억은 시간이 흐를수록 통통해졌다   *55*

할아버지가 있는 '우물이 있는 집'   *58*

성당이 보이는 풍경   *61*

오거리시장을 아세요?   *63*

시인의 골목   *66*

골목의 파사드, 혹은 기억의 파사드   *68*

한 장의 사진, 하나의 추억   *71*

중동 147번지, 맛있던 골목   *74*

호서극장, 공산성의 혈투   *77*

아버지의 자전거가 있는 풍경   *79*

'뜻' 밖의 부부, 박산소 석장승   *81*

금강 바다, 정방뜰   *83*

효자 이복의 갱경이고개   *85*

공주 10경의 하나, 서명월대   *90*

살구쟁이, 사진 한 장의 해석   *94*

고도(古都)를 기다리며   *97*

초록 섬 하나, 새들목   *100*

그냥, 금강교   *103*

녹두장군 오셨네   *106*

삼남대로, 갈마기 언덕   *109*

추억의 자리, 읍사무소   *112*

순교지 황새바위   *114*

골목에서 듣는 수다, 민나 도로보데스!   *118*

바흐 옆에 바흐   *120*

Ⅱ 공주라서 좋은 사람들

수선화 꽃밭으로 숨은 고양이를 그리워하는 화백   *144*

그런 시인, 천생 시인   *149*

하얀 코끼리의 남자   *153*

봉숭아꽃을 그린 남자   *156*

나의 오랜 스승   *159*

블루 앤 재즈(blue & jazz)   *162*

공주의 사진어른   *165*

황새와 놀던 화가의 변신   *169*

계룡산 신사, 계룡산을 품었네   *172*

이 남자가 수상하면 공주가 수상하다   *175*

공주의 젊은 예술가 한 사람   *177*

공주의 큰 어른, "나는 공주 사람"   *180*

공주 명물이라 불리는 남자   *194*

계룡산이 춤으로 단풍 들다   *197*

흙 속에서 나온 여자   *199*

임립미술관을 세우다   *201*

무대 위의 남자   *204*

백제 춤을 추는 춤꾼   *206*

가문의 영광 '명장 1호'   *209*

우리 것은 좋은 것이여   *212*

화가가 사는 언덕   *214*

다예원 골목에 대한 안부   *218*

제민 내가 재밌네   *221*

맛깔나게 사는 사람들   *223*

VINTAGE LIFE, 루치아의 뜰   *225*

I

골목의 기억

오래된 상처, 그 골목의 안부

우린 육남매로 여형제 셋에 남형제 셋이다. 맏이인 나와 막내가 열두 살 차이가 나는 띠동갑이고 그 사이에 올망졸망 네 형제들이 있다. 집에는 방이 다섯 개였는데 부모님이 하나를 쓰시고, 여자들끼리 또 남자들끼리 뭉쳐 하나씩 쓰고, 문간방과 건넌방 둘은 세를 줘서 공무원이셨던 아버지 월급으로는 녹록지 않았던 살림에 보탰다. 그때는 방 하나씩 가져 보는 게 소원이었는데, 뒤늦게 생각하니 아랫목에 나란히 발을 넣고 함께 잠들던 밤들이 그립고 꼼틀대던 발가락이 그립다. 형제끼리 정이 들었다면 발가락부터 들었을 거라는 생각이 든다.

내가 고3 때 우리 집은 큰 위기를 만났다. 아버지가 위암으로 5년, 길어야 7년이라는 시한부 선고를 받았다. 그래서 우리를 남기고 부모님 두 분은 고향인 청주로 낙향을 하셨다. 뒤늦게 들은 바로는 누군가가 아버지는 '자식들과 떨어져 살아야 살아남을 수 있는 팔자'라는 말을 했다고 한다. 엄마에겐 그 말도 지푸라기였을 것이다. 그러나 청주로 내려간 아버지는 7년을 넘기고 그 곱곱을 넘기며 정년 퇴임까지 아주 잘 사셨다. 우리 육남매는 사춘기와 인생의 가장 어려운 고비를 정릉집에서 우리들끼리 넘겼다. 그리하여 우리 형제에게 정릉집은 특별한 곳이 되었다. 누구는 유년을 겪고 누구는 사춘기를 겪으면서 가장 아픈 청춘을 터널처럼 지나왔다.

띠동갑 막내를 내 손으로 초등학교에 입학시키는 가장 아닌 가장 노릇을 하며 우리끼리 견디던 중, 동생들을 다 돌보는 일이 벅찼던지 나는 늑막염에 걸리는 수난을 겪었다. 뒤늦게 부랴부랴 시골로 출가한 이종 언니 내외를 불러들였고 우리는 그들에게 맡겨졌다. 나는 쓸쓸하게 투병 생활을 했다. 내가 삶이나 죽음에 대해 깊이 생각을 하고, 닥치는 대로 책을 읽는 버릇이나 그림에 대한 관심을 갖게 된 것은 모두 이때부터였을 것이다.

어쨌거나 아버지는 엄마의 소원대로 삼천갑자 동방삭처럼 7년에 7년을 넘겼고, 엄마를 독차지하면서 공무원 생활을 마치셨다. 그러나 퇴직 후 다시 2년 만에 쓰러지시더니 야속하게도 엄마를 또 독차지하셨다. 그렇게 25년을 엄마 곁에 있던 아버지가 얼마 전에 가셨다. 그러고는 4개월 만에 엄마도 모든 걸 내려놓고 따라가시는 '징한' 사랑을 보여 주셨다.

우리 형제는 아버지를 통해 아버지보다 더 단단하게 세상을 견디는 법을 배웠다. 또한 우리의 유년을 함께한 정릉집에 대해서는 공통분모 같은 그리움을 갖게 되었다. 그리하여 우리 형제에겐 아버지나 엄마도 형제들 사이로 들어올 수 없는 '그 무언가'가 있다.

막둥이가 오랜만에 전화로 "누나?" 하는 톤에 따라 그의 감정선을 읽어 내는 신통력을 갖게 될 만큼 우리끼리는 서로를 너무 잘 알고 잘 읽는다. 그렇게 대부분 어려운 시기를 지나온 세대에서는 형제란 단어만 들어도 아린 상처에서 진물이 나는 것 같다. 그래서인지 함께 견딘 시간만큼 혈육의 정이 깊다. 지금처럼 넉넉하고 큰 고난 없이 살아온 형제들 사이에선 느낄 수 없는 공감대가 우리에겐 있다.

얼마 전에 막내는 자신이 나온 숭덕국민학교 동창회에 갔다가 예전에 살던 집엘 갔더니 집이 헐리고 새집이 들어섰더라는 소식을 전했다. 그 집을 떠나온 지가 30년이 훌쩍 넘었는데 왜 내 한쪽 추억이 무너진 것 같았는지, 참으로 묘한 기분이었다. 어디엔가 아직까지 눌어붙어 있을지 모르는 추억에 대한 그리움이나 지나친 애착은 금물이라는 것을 이제는 알 나이가 되었건만, 부모님도 떠나신 마당에 지나간 추억이 무에 그리 대수랴 싶기도 하고, 또 그렇게 모든 삶은 결국 무너지고 마는 것이 순리인 줄도 알아 버린 나이가 되었건만, 갈수록 그 골목 안 안부가 자꾸만 묻고 싶다. 아마도 나는 단단한 바깥 살보다 안쪽 살에 난 생채기, 거기에 새로 돋은 새살의 안부를 전해 주고 싶었던 것은 아닐까? 혹시 그걸 추억이라고 우기고 싶었던 것이 아닐는지.

"네, 잘 아문 채 잘 있다고 전해 주라고 합니다."
그렇게 공주 골목이 대신 대답하며 공주 골목만큼은 잘 있었으면 좋겠습니다.

해지개 마을, '잘 있는가 내 청춘'

오래전 정릉에 살기 전 유년을 지냈던 시골 오창집, 내가 살던 윗동네에 '부뜰이'라는 이름으로 불리던 아이가 있었다. 왜 하고많은 이름 중에 '부뜰이'였을까. 예전에는 이름 모를 병으로 얼마 살지 못하고 죽는 아이가 많았다고 한다. 그래서 좀 더 이 땅에 붙들어 주자고 붙인 이름이 '붙뜰이'란다. 굳이 성명학을 들먹이지 않더라도 이름이란 그렇게 우리의 간절한 기원에서 지어지거나 붙여진 후에는 불리는 이름대로 살아지고 있다는 걸 종종 본다. 이르는 대로 이른대서 이름인가 보다.

땅도 그러하다. 공주 왕촌에는 '살구쟁이'라 불리는 곳이 있다. 아마도 봄이면 살구나무 꽃이 흐드러지게 피는 마을이었으리라. 그러나 그곳은 대량 학살이 일어났던 곳이란다. 그 살구쟁이는 살구꽃 피는 그런 살구쟁이가 아니었던 모양이다. 그렇듯 공주에도 수많은 땅의 이름이 있고, 그 이름대로 수많은 사연을 간직하고 있다.

봉황동엘 가면 '해지개'라는 마을이 있다. 왜 '해지개'가 되었을까, 산에 가려서 일찍 해가 지는 마을이라서 그렇게 불렸단다. 관심을 갖고 보면 참으로 재미있는 해석이 있고 나름대로 다 이유가 있다. 그리하여 그 땅에 그 이름이 있기까지, 우리는 왜 그 이름으로 불렸는지 찾아가 보며 이름을 통해 그 시대의 사회, 문화, 자연환경, 혹은 지형의 특성까지 알아낸다.

일찍 해가 진다 하여 '해지개 마을'로 불리는 마을은 얼른 들어도 얼마나 낭만적이고 그림 같은가? '해가 진다'라는 말만 들어도 마음 설레며 어린 왕자를 생각했던 학창 시절이 누구에게나 있으리라고 본다. 석양을 보기 위해 마흔두 번이나 의자를 뒤로 물리던 작은 혹성에서의 어린 왕자처럼 누군가와 함께 석양을 보고 싶어 안달하던 시절, 그 풍경을 기억하기 딱 좋은 봉황동 해지개 마을에 서면 가슴속에 품었던 청춘에 대한 안부가 궁금하다. '잘 있는가, 내 청춘', 그 이름 하나로 기억을 환기시키기에 충분하다.

이 마을은 아무래도 이름만큼 사진으로 잘 표현할 방법이 없다. 이미 해지개라는 이름 하나로 우리는 모든 즐거운 상상 속으로 떠났으므로. 사진이건 지명이건 이렇게 모든 기억을 환기시킬 수 있는 것만으로도 충분히 아름다워지고 있다.

* '잘 있는가, 내 청춘'- 김상배 시인의 시집 제목에서 인용

똥수깐까지 그리운 정릉집

형제 중에 남자로 가운데에 성식이가 있다. 언젠가 그 아이가 어렸을 적 엄마가 보고 싶어 혼자 정릉을 올라갔다 왔단다. 얘기하다 보니 나만 그런 줄 알았는데 모두 한 번씩은 정릉집을 다녀왔다고 한다. 형제 중에 유독 그런 감정과는 둔한 아이가 성식이였다. 그랬는데 늦기는 했지만 그도 그리워할 줄 아는 애구나 싶어졌다.

"그래, 가 보니 어떻던?"

"집이 많이 낡았더라구"

"그럴 만도 하지, 벌써 60년 전 집이잖니."

"근데 누나, 골목이 그렇게 좁았수?"

"좁아 보이던?"

"우리가 놀 땐 사방치기 해도 될 만큼 넓었잖아?"

너무 신기하더라는 얘기다. 그랬다. 모든 추억 속의 것들은 넓거나 크고 높았다. 골목길도, 운동장도, 동산도 예전의 것들은 넓었고 여럿이 뛰어 놀기에 충분했었다.

이런저런 얘길 하다 보니, 내가 처음 공주에서 골목 사진을 찍을 때만 해도 울컥할 만큼 닮은 골목 풍경 중의 하나가 '푸세식' 변소의 밖으로 난 '푸세' 구멍의 문이었는데, 동생도 밖으로 난 그 문을 기억하고 있었다. 삐뚜름하게 반만 닫혀 있는 걸 보면 지저분하다는 느낌보다 아직도 이런 게 남아 있다는 게 오히려 추억을 자극했었다.

우린 '똥수깐'이라 부르던 변소가 있는 한옥집에 살았다. 한번은 그런 일이 있었다. 엄마가 던져 놓고 간 우리가 거듭하는 수난의 시기를 보낼 때였다. 밥을 해 본 적 없는 나는 연탄불에 밥을 해야 하는데 밥물 조절과 불 조절에 서툴러 매번 실수를 했다. 쌀이었을 때는 얌전하던 밥이 끓기 시작하면 뚜껑을 열고 위로 올라왔다. 아래는 타고 위는 설면서, 밥은 밥이 아니게 되었다. 먹을 수도 없고 버릴 수도 없었다. 대략 난감이란 말이 이럴 때 딱 들어맞는다. 버리면 죄받는다는 말에 익숙한 터라 자주 고민을 하다가 밤에 몰래 똥수깐에 버리는 일을 시작했다. 그것도 한두 번이지, 내 생전에 벌을 받는다면 그 일 때문일지도 모르나 선택의 여지가 없었다. 한번은 싸다가 시장까지 가서 쓰레기 더미에 버린 적도 있었다. 이유인즉, 누구라도 우리 집 쓰레기인 줄 알면 엄마 욕 먹일까 봐 하는 가상한 걱정을 했다고나 할까? 그랬었다. 그때는 선택해야 할 최선이란 게 치졸한 방법까지 동원해야 할 만큼 많았다.

그런 골목이 누구에게나 하나쯤 있을 줄 안다. 청춘의 골목일 수도 있고 인생의 골목일 수도 있는 아름답거나 부끄러운 추억은 모두 골목에서 시작되거나 일어났다. 그래서 우리 모두는 '골·목'이란 단어에서 어떤 이는 향수를, 어떤 이는 애증을 읽는 것일지도 모른다. 나는 나의 모든 발걸음을 아는 골목이 싫었다. 급기야는 정릉집이 너무 싫어서 집을 팔자고 우겼다. 사당동으로 이사를 하고, 이사한 집에서 얼마쯤 살다가 결혼을 해서 공주로 내려왔다.

그러던 내가 사진을 핑계로 골목을 다니기 시작했다. 내 아픔이나 수치가 추억으로 다가오기 시작한 골목, 때때로 아름답거나 그리워지는 골목이 공주에 있다는 건 공주를 좋아하게 되는 조건이 되었다. 시집을 잘 왔다고까지 생각하게 되었다.

그러나 지금은 그것도 아니게 됐다. 도시 재생이라는 이름 아래 골목이 사라지거나 소방도로라는 명분으로 대도로가 집 앞까지 밀고 들어왔다. 어느덧 10년 전쯤에 찍었던 풍경은 추억 저 멀리로 밀려나고 있었다. 정릉 골목도 공주 골목도 이제는 사라지기 시작한다.

한때 나를 지나 너에게 가기도 하면서 '우리'를 만들기도 했던, 이 세상의 복잡하고도 아름다운 의미를 가졌던 골목들, 그 단어조차 재생되고 나면 얼마 후에 골목이란 단어는 사전에서 사라지거나 아예 타 버린 밥처럼 똥수깐으로 던져 버려야 할지도 모르겠다.

나는 지금, 내 추억에도 재생이 필요한 시점에 서 있다는 걸 받아들여야 할 시대에 살고 있다. 싫지만 때로는 인정해야 한다.

골목은 그렇게 지나간 삶의 모퉁이를 가졌나니

골목 사진가라고 불릴 만큼 골목 사진만 찍던 김기찬 선생님이 골목 사진을 찍을 때만 해도 골목은 따듯했다. 그때 사람들은 툭하면 모두 골목에 나와서 놀았다. 아이들뿐 아니라 동네 어른들도 밥만 먹으면 골목으로 나와 앉았다. 골목은 마을의 들마루와 같은 곳으로 생활 공간의 연장선에 있었다. 그런데 이제 그런 풍경들이 아쉽게도 사라졌다. 삶이 도시화되기 시작하면서 우리의 추억이 깃들어 있던 골목들이 함께 사라져 버린 것이다. 불과 몇 년 안쪽의 일이다. 그러나 자세히 살펴보면 사라진 것이 아니라 우리가 잊어버렸다고 해야 옳다. 어쩌면 옹색한 추억이 싫어서 억지로 잊으려 애썼는지도 모르겠다. 모든 도시가 그렇듯 사람이 사라지면서 골목이 사라졌다.

골목은 이내 쓸쓸해졌다. 쓸쓸해지니 이제서야 사람들이 뒤늦게 그리워하기 시작했다. 오랜 시간이 흐르고 나니 옹색한 것도 추억이랍시고 종종 눈물 나게 그리워지는 것이다. 그때마다 골목들을 돌아다녔다. 그러다 보니 보잘 것없던 추억들이 골목 끝에서 아름답게 빛나곤 하였다. 공주의 골목들은 내가 살던 정릉 골목들과 참 닮았다.

그때 사진은 적당히 구실이 되어 주었다. 그냥 맥없이 돌아다니는 것은 스스로도 쑥스러운 짓이라 사진을 찍는다는 핑계를 만들었다. 찍다 보면 왜 찍었는지도 모르게 생각 없이 찍을 때도 있다. 그러나 잘려 나간 사진 끝 풍경을 단서로 골목 같은 좁은 기억을 따라가다 보면 한 편의 풍경을 만나기도 한다.

정릉집에서 살 때 우리 집이 비빌 언덕이라고 믿었는지 덜컥 서울에 직장을 잡아 버린 8촌이나 10촌쯤 되는 아저씨가 우리 집에 잠시 머물다 간 적이 있었다. 첫날, 일을 마치고 돌아오다 골목을 잊어버린 것이다. 이 골목 저 골목 헤매다가 나를 만나더니 아주 반갑게 불렀다. 동생들도 한 방에 몰아서 옹기종기 사는 처지에 그 아저씨가 방을 한 칸 차지하고 들어갔던 터라 미운털로 여기기 시작할 때였다. 집으로 돌아오는 길을 잃었다는데, 그 아저씨가 나를 만난 것은 그 입장에서 보면 행운이었을지 모르지만 내 입장에서는 놀려 나오지 말걸 하고 후회하게 만들었던 기억이다.

이런저런 이유로 서울살이 못하고 얼마 못 버티다 내려간 아저씨, 30~40년 만에 아버지 장례식에서 그 아저씨를 만났다. 묵묵히 아버지 장례 일을 하시는데 부끄러웠다. 그리고 아무도 기억을 못하는 그때 내 비밀의 마음, 그 기억을 후회했다. 그나저나 나는 왜 그 기억을 지워 내지 못하고 기억하고 있었는가. 아무리 시간이 흘러도 지워지지 않는 적나라한 기억의 단편들, 징릉 골목에서의 잘못에 대해 뒤늦게 공주 골목에서 용서를 구하기도 한다. 모든 것들이 여기서, 이 나이에라도 화해되길 바란다. 골목은 그렇게 지나간 삶의 모퉁이를 가졌나니.

바라건대, 공주는 그렇게 착한 마음들끼리 작은 용서와 화해 속에서 천천히 만들어지는 도시였으면 좋겠다. 공주 사람들이 스스로 가꾸고 사랑하게 두었으면 좋겠다.

내게 골목은 그런 골목이었는데, 골목에도 '골목재생사업'이라는 바람이 불즈음 나는 슬며시 골목길 모임을 쉬기로 했다. 단칼에 버렸던 사랑을 후회하듯 좋은 기억이든 나쁜 기억이든 그나마 남아 있는 추억을 박살 내는 일에 동참하게 될까 봐 두려웠다. 그리고 내 방식대로 내 삶의 골목을 쏘다녀 보기로 마음먹었다. 누가 아니, '어느 골목 끝에 첫사랑 머슴애가 사 왔던 꽃다발이 내 동댕이쳐진 채 아직 남아 있을지. 만난다면 최소한 밟아 뭉개지는 말아야지' 하는 그 마음이다.

추억 속의 공포, '제1의 아해'에 대한 기억

　이상의 「오감도」라는 시가 있다. 첫 연을 '13인의 아해가 도로로 질주하오'라고 시작하여 '제1의 아해가 무섭다고 그리오', '제2의 아해가 무섭다고 그리오', '제3의 아해가 무섭다고 그리오' 하면서 13인의 아해가 모두 공포에 떨고 있는 모습을 그린 시다. 이 시를 읽으면 이상의 골목엔 그저 무서운 아해와 무서워하는 아해 두 종류만이 존재한다. 그만큼 골목은 은밀한 음모가 도사린 곳이다.

　물론 '이상의 13인의 아해'가 주는 의미는 내가 생각하는 골목의 일반적인 해석은 아니겠지만, 우리가 어렸을 적에 진을 치고 신나게 놀던 그런 낭만의 골목과는 거리가 멀다. 우리가 정릉집 앞에서 놀다가 3동이나 4동으로 영역을 넓히기 시작했을 무렵, 동생 안이와 3동으로 원정을 갔었다.

　끝날 것 같은 골목 끝에 또 다른 길이 있다는 것을 발견하는 일은 퍽 재미있었다. 끝에서 시작을 만나는 일, 골목은 늘 새로운 모험의 시작이었다. 아마도 그런 추억이 지금도 사진 여행을 가면 후미진 골목까지 훑게 만들었는지도 모르겠다. 그러나 그 시절 기가 막힌 일을 맞닥뜨린 적도 있다. 골목 끝에서 어떤 남자가 아랫도리를 내리고 우리를 보고 웃고 있었던 것이다. 우리는 그 남자를 지나쳐 왔는지 되돌아 나왔는지 기억도 못할 만큼 큰 충격을 받았는데, 나중에 동생의 얘기로는 뒤도 안 돌아보고 돌아서서 달렸다고 했다. 따라올까 봐 집까지 죽어라고 달렸다고 했다. 그때 동생 안이는 어린 초등학생, 나는 중학생이었던 것 같다. 그때 나는 내가 받은 충격보다 동생이 받았을 충격을 더 걱정했다. 그리고 그 사건에 대해선 엄마나 동생들에게도 함묵했다. 다행인 것은 그녀가 기억하는 건, '달랑무'였다. 거기까지였다. 그리고 그 얘기는 함께 여행을 다니며 어느 나라였는지 골목 사진 촬영을 하고 돌아온 후 맥주를 한 잔하면서 나왔다. "언니두 그때 봤었니, 달랑무?"

그녀는 어릴 적 그 사건을 기억하고 있었다. 함께 지녀 온 트라우마로 인해 지금도 해외가 되었건 우리나라 골목이 되었건 골목 사진을 찍을 때는 늘 조심하는 버릇이 있다. 사진을 찍다가도 그녀의 옷자락이 보이지 않으면 촬영을 중단한다. 그녀의 뒷자락이 보여야 안심한다. 가끔 사람들은 묻는다. 그렇게 낯선 곳까지 가서 촬영할 때 무섭지 않냐고. 아닌 척하지만 그럴 리가. 우린 새벽 촬영이나 야간 촬영은 무서워하는 공동의 트라우마를 가졌다.

다행히 여행 때는 그런 사건이 우리를 늘 조심하게 만들었고, 이상의 단순한 아해가 아닌 사내를 경계하게 만들었다. 그리고 이 세상에는 좋은 사람과 좋은 인연이 훨씬 많음도 함께 경험하고, 충격적인 사건의 기억을 버리는 법을 학습을 통해 훈련하기도 했다.

이 세상 살면서 충격적인 일이 골목에만 있겠는가. 예술의 골목에도 얼마든지 충격은 있다. 아니, 충격을 만들기 위해 숱한 아해들을 의도적으로 만들거나 예술이라는 이름으로 극단을 보여 주기 위해 애를 쓰는 것을 본다. 그 어떤 것은 예술이라는 고유의 자리에 올려놓고 '외설이다, 아니다' 시시비비를 가리기까지 한다.

어쨌거나 나는 현대 시라거나 현대 사진과 같은 현대성의 낯선 비틀기는 그다지 좋아하지 않는 편이다. 새로운 방식의 표현으로 보여 주는 법을 배우려고 공부를 더하는 것도 원치 않는다.

익숙한 것, 어쩌다 잊힌 것, 그것을 찾아내는 일, 누군가 내 사진을 보고 공감하게 하는 일을 좋아한다. 그러니까 사진은 주로 그런 작업에 가깝다. 그렇게 모든 기억은 내게서 멀리 가지 말아야 하며, 멀리 가려는 것들을 붙잡아 세우기를 좋아한다. 낯선 골목이 아닌 숱한 사람들이 오가는 골목, 어제 입었던 익숙한 옷이 빨래되어 따뜻한 햇볕으로 말라 가면 집안의 구성원까지 대충 알게 되면서 그 골목이 편안해진다.

충격의 낯섦보다 동생들의 추억과 맞닿은 은밀한 골목, 엄마 몰래 딱지를 숨겨 놓던 비밀 장소, 엄마 몰래 바깥 창문으로 던져 돌려 보던 만화책, 그 대단한 비밀을 지켜 주던 형제간의 의리 등, 그런 추억에 빛이 들기 시작하는 골목은 내게 '어린 시절이고 정릉'이다. 해외여행을 할 때 관광 명소를 중심으로 보는 패키지보다 자유 여행을 즐기는 이유도 골목 때문이다. 누구에게나 열려 있지만 누구에게나 비밀이 있는 골목이 참 정겹다.

골목이 그리운 건 '그때'를 가져서이다

20년 전인가? 내가 찍은 겨울 느티나무 사진을 보고 '나무가 실핏줄 같아' 하던 어떤 언니를 생각한다. 그때는 정말이지 나무뿐만이 아니라 나무 사이로 바라보이던 골목도 실핏줄 같았다. 지금은 나무도 굵어졌고 그 사이 골목도 널찍해졌다. 실핏줄 같다는 표현조차 아름다웠던 그 시절로부터 20년이 지나자, 그 실핏줄을 많은 사람들이 번거로워했다. 집집마다 한두 대씩 있는 차의 진입이 어렵다는 이유로 그 골목을 짜증스러워했다. 이리 긁히고 저리 긁히다 보니 튀어나온 담벼락도 밉고, 제 집 앞이라고 놓아둔 빈 화분이나 고추장 깡통도 거슬려 주차 문제로 심심찮게 주먹다짐까지 벌이곤 했다. 심하면 정규 방송 뉴스도 탔다. 그러다 보니 넓은 골목은 집값에까지 영향을 미쳤을 테고, 골목 안에 사는 사람 입장에선 슬며시 넓은 골목이 유리했을 것이다. 때맞춰 장단 맞추듯 시에서 정책적으로 빈집을 사들여 쌈지 주차장까지 만들어 주니 정치를 참 잘한다 싶어졌을 게다.

어쨌거나 아슬아슬하다는 건 언제나 위험스럽고 불리하다. 문득 내 심장을 생각했다. 심장에는 관상동맥이라는 두 개의 굵은 혈관이 있는데, 그 아래 몇 개씩 혈관이 계속 가지를 치듯 이어진다. 그중 하나라도 막히거나 좁아지면 상황은 심각해진다. 어느 날 나는 혈관 네 개가 막혔다는 진단을 받았다. 언제 숨이 끊어질지 모르는 상황이라며 검진 결과가 나오자마자 병원에서 급한 전갈이 왔다. 생각할 틈을 주지 않았다. 결과 통보를 받고 가슴속에 스텐트라는 걸 네 개씩 박기까지 그다지 오래 걸리지는 않았다.

공주 골목들도 그렇게 빠르게 스텐트를 끼워 박듯 혈관을 넓혀 갔다. 하긴 공주 골목뿐이겠는가. 우리나라 전체에 골목이 뻥뻥 뚫리기 시작했다. 사람 살기 편하게 도시는 조각되어 갔다. 어린아이 젖 물리고 잠들었던 시어머니의 안방 자리가 날아가고, 고물거리며 잠들던 남편의 형제들 건넌방이 날아가면서 실핏줄 같아 보인다고 했던 나뭇가지 사이에는 누군가의 검은 세단이 도도하게 세워지는 일이 빈번해졌다. 그리고 이제 나도 그런 풍경쯤은 아무렇지도 않게 태연하게 바라볼 수 있게 되었다.

골목이 그리운 건 단지 '그때'를 간직하고 있어서일 뿐, 지금에 와서 '그때'를 남기려고 하는 건 어리석은 짓일지도 모른다. 그럴 때 사진은 그때를 오롯이 간직해 준다. 아마도 그래서 나는 오래된 사진에 연연했을지도 모른다. 사진은 전혀 상관없는 남의 추억 속에까지 들어가 참견하고 나서기도 하고, 결혼 전까지는 당연히 알지도 못했을 내 시어머니 젊었을 적, 내 남편 어렸을 적, 내 시누이들의 어렸을 적까지 참견하면서 공감한다. 그들의 어렸을 적, 저기 어딘가의 골목집에서 아롱다롱 살았을 따스함을 한 장 사진에서 읽는다.

그리하여 추억의 귀퉁이, 이야기가 들어 있던 한 장 사진이 귀히 생각되어 실핏줄 같다던 사진을 오래 거실에 걸었다. 그때 그 모습은 다 사라지고 '살았었던' 과거가 있을 뿐이지만, 부재는 존재를 증명한다. 내 설명을 들은 남편은, 사진에는 자신만이 느낄 수 있는 비밀이 있는 같아 더 좋다고 했다.

그의 추억과 내가 참견하던 추억은 다르지만 한 장 사진을 바라보며 그는 그의 추억을 바라보고 나는 내 추억의 통로를 본다. 어쨌거나 우리는 서로 각자 볼 것만 보고 기억할 것만 기억한다. 그래서 봐도 봐도 사진을 바라보는 우리 사이는 늘 추억을 즐겁게 얘기하는 좋은 연인이 될 수 있다. 내 푼크툼과 그의 푼크툼이 만날 수 있다는 건 힘들고 아팠던 옛날이야기 같은 시간들의 공감 때문이다. 공감은 지독한 인연을 만든다. 아마도 그래서 우리는 부부가 되었을지도 모른다.

골목, 요기요기 붙어라

2013년 가을쯤 공주에도 소위 말하는 골목길 붐이 일기 시작했다. '공주골목길재생협의회'란 이름으로 단체 하나가 생긴 것이다. 나름 모든 진행이나 추진은 민간이 자발적인 의지로 이끌어 나가는 순수한 단체였다.

첫날, 발대식을 겸한 모임 후 토의 시간에 몇 가지 논의가 있었다. 첫째로는 골목길재생협의회라는 이름에 '재생'이라는 이름이 적합한가에 대한 논의였다. 재생이라는 단어 하나가 주는 느낌의 방향성은 자생적인 것이 아니라 다분히 정책적이고 의도적인 프로젝트 성격이니 '또 다른 적당한 이름은 없겠는가'였다. 그렇다면 '올레길'(집 앞에서 큰길을 잇는 좁은 골목이란 뜻의 제주도 방언)과 같은 공주만의 느낌이 살아 있는 상징적인 의미의 단어는 없을까. 둘째로는 모임 활성화로 인해 다른 도시처럼 골목을 상품화시키는 일을 초래한다면 과연 옳은가와 같은 단체 구성 초기에 있을 법한 논의였다. 그러나 짚고 넘어가는 수준에서 그쳤고, 가칭이었던 '골목길재생'이라는 이름을 쓰는 쪽으로 결론이 났다. 이유는 간단했다. 그저 골목이 좋아 모인 사람들의 동호회 성격보다는 '재생'이라는 이름으로 얻을 수 있는 정책적인 지원이나 교류를 은근히 기대했기 때문이었다.

아니, 단지 골목을 좋아하는 사람들끼리 한 달에 한두 번 만나 골목을 돌아보는 일은 얼마간 하다가 그만두게 될 확률도 있다는 염려였다. 이왕이면 좀 더 의미가 있는 일로서 골목마다 남아 있는 이야기를 수집하거나 스토리텔링을 해서 골목에 다시 입히는 일, 혹은 문화 콘텐츠를 발굴하는 일 같은 것을 해보려면 동호회 성격으로는 현실화시키기 어렵지 않겠냐는 결론이었다.

협의회 사람 중에는 공주 토박이보다 외지 사람이 많았다. 다행히 그들 중에는 공주에서 학교를 다니거나 하숙이나 자취를 하면서 골목에 대한 추억이 제법 있는 현직 선생님들도 몇 분 있었다. 그렇게 골목을 사랑하는 사람들이 하나둘 모이기 시작했다. 모임도 잦아졌다.

그러던 어느 날 어느 도시에선가 공주 골목을 돌아보고 싶어 하는 팀으로부터 공주로 골목 답사를 오겠다는 연락을 받았다. 단체가 만들어진 지 얼마 되지 않아 골목을 단장할 틈도 없었지만, 그렇다고 대책도 없이 다른 도시처럼 아무 그림이나 그릴 수도 없는 일이었기에 그냥 소박하게 있는 그대로를 보여주자는 의견으로 모아졌다. 다행히 다녀간 사람들이 다른 도시 같지 않게 때가 묻지 않아 좋았다는 후일담이 전해졌다. 많은 사람들이 골목에서 원하는 것은 우리가 살았던 그 모습 그대로 다치지 않게 보존하는 것임을 알았다.

그렇지만 그때 이미 공주에는 좀 더 큰 바람이 불어오고 있다는 것을 인지하기 시작했다. 순수하게 골목을 사랑하는 사람들이 감당하기엔 어려운 도시 재생 차원의 관의 물결이었다. 우리는 가급적이면 공주의 정서가 다치는 일은 없기를 바랐다.

예상했던 대로 인근 도시 세종의 출현과 함께 구도심권의 공동화 현상이 가속화되었으며 바람은 불기 시작했다. 이러다가 혹여 유령도시가 되는 것은 아닐까 하는 두려움을 달래기 위해 시에서는 빈집을 사들였다. 덕분에 그 자리에 널찍한 주차장이 들어섰지만, 조용하고 골목의 실핏줄과 같았던 길이 드러나고 골목이 사라지기 시작했다. 죽어 가는 골목이나 상권이 되느니보다 다행스러운 일이므로 '좋아졌다, 아니다'는 각자의 판단에 맡길 일이었으며 조용하던 골목에 새로운 상권이 들어오기 시작했다.

각 도시마다 비슷한 고민은 있었을 것이라고 생각한다. 부산의 감천문화마을(6·25전쟁 당시 피난민이 이주한 동네)이 처음 골목 프로젝트를 시작한 대표적인 사례일 것이다. 2009년 다닥다닥 붙어 있는 집에 색을 입히기 시작했다. 칠해 놓고 보니 그리스 산토리니 마을 같은 이국적인 느낌이 난다고 좋아들 했다. 그리고 전국의 사진가들이 감천동을 찍기 위해 들락거렸다. 그러다가 2010년, 본격적으로 관광 협력 사업인 '미로미로 골목길 프로젝트'를 대대적으로 진행하였다. 작가들과 주민들이 제작한 예술 작품이 전시되고 설치되어 거대한 예술촌으로 재탄생되었다. 골목도 자원이라는 이름 아래 개발되기 시작하였으며 관광객들은 골목을 보기 위해 쏟아져 들어갔다. 그리고 성공이라는 평가를 내렸다. 그러나 수선스러움이 싫어 떠나는 주민들도 있었다. 그러므로 원주민 입장에서도 그것이 성공이었는지는 모르는 일이다.

공주도 어찌 보면 같은 수순을 밟는 듯하다. 문화 접변의 시대에 접어들었다고나 할까? 다행히 공주가 좋다며 들어오는 사람들이 모여들고 있으니 떠난 자리는 새로운 사람들로 채워지면서 함께 살아가게 될 것이다. 예쁜 찻집도 생기고, 파스타집도 생기고, 갤러리도 생기면서 그들과 함께 또 다른 문화를 만들어 가야 할 것이다. 참 최근에는 '싸롱'이란 곳도 생겼다. 1950~1960년대를 재현한 20대가 만든 '싸롱'이란다. 기대한다. 떠날 사람은 떠나고 공주가 좋아 떠나지 않는 사람들이 남으니 누가 공주를 지켜야 하는지 답은 나왔다. "공주가 좋은 사람은 요기요기 붙어라" 하면서.

골목길재생협의회 사람들도 역시, 떠날 사람은 떠나고 죽어도 골목을 버릴 수 없는 사람들이 남아서 수문장 노릇을 자처한다. 최근에는 매 보름달 뜨는 밤, 꽃등 하나씩 켜 들고 골목길 도는 일을 재미 삼아 한다. 그러고는 다음 달에 들고 돌 꽃등을 만드느라 또 바쁘다. 누가 시켜서 하나, 저 좋아서 하는 짓, 골목길 사랑이다. 그것도 사랑이라고 식을 줄 모른다.

공산성 아랫동네, 그래서 산성동

골목을 좋아하는 사람들끼리 톡하면 '골목길이나 한 바퀴 돌자'는 문자를 보냈다. 그들도 나만큼 골목이 좋았나 보다. 골목을 함께 돌면서 그들끼리 말을 트기 시작했다. 정이 들자 이웃이 된 느낌이 들었다. 카페를 만들고 골목에서 찍은 사진을 올리며 수다를 떨기 시작했다. 처음 공주로 시집을 왔을 때 어머님은 "옆집 오늘 아침 밥상에 숟갈을 몇 개 얹었는지 뻔히 다 아는 작은 동네니까 조신하게 굴라"고 하셨다. 그래서 그런 동네가 싫었다. 딸깍하고 들어서면 옆집에서 죽어 나가도 모르는 폐쇄된 생활권이 보장된 강 건너 아파트를 늘 꿈꿨다.

그랬는데 떠나지도 못한 채 나이가 들고 보니 가끔씩 남의 참견이 그리워지는 것이었다. 내 존재감이 골목의 수다에 있을 거라곤 상상도 못했다. 누가 내 수다 좀 떨어 줬으면 좋겠다는 생각을 하기도 했다. 골목에서의 수다란 얼마나 신선했던가. 대개 '오늘 아침에' 혹은 '어제 저녁에 말이야'로 시작하는 따끈한 뉴스였다. 옛날 우물가 수다가 이런 맛이지 않았을까.

그런 수다를 모아 사진전을 해 보자는 의견이 나왔다. 빈집을 하나 빌려 '빈집 갤러리'라고 이름을 지었다. 시내 농협 뒷골목의 루치아의 뜰을 지나 제민천 가 맛깔로 가는 허름한 지름길 골목에 있는 집이었다. 회원들이 애정을 갖고 가꾸며 '잠자리가 놀다 간 골목'이라고 이름을 시었던 골목 중간쯤의 집이었는데, 멋진 이름만큼 호락호락하지 않았다. 옛날 직조공장에 딸렸던 집으로 오랫동안 빈집으로 방치되어 있었기 때문이다. 몇 차례씩 만나 빈집에 남겨진 세간살이를 들어내고 곰팡이 난 벽지를 뜯어내는 작업에 며칠이라는 시간을 소비했다. 손수 방마다 칠을 하면서 전시에 적합한 공간을 만들어 갔다. 사진전이 될 만큼의 사진이 있는 회원 중에 지역신문의 기자 둘이 있어 방 하나씩 배당해 각자가 좋아하는 한 동네씩 주제를 맡기로 했다. 첫째 방은 오희숙 회원이 '봉황동 하숙 골목'을 전시하기로 하고, 또 다른 방은 임미성 회원이 '대추골' 길을 맡았다. 외벽에는 최덕근 담당이 '단체의 활동사진', 박인규 회원이 '문화유산 길', 나는 '산성동'을 맡아 전시하기로 했다.

다락방이 딸린 내 방 앞에 소제목도 달았다. 산성동을 설명하는 "공산성 아랫동네, 그래서 산성동"으로 지었다. 시작은 야심 찼지만 생각만큼 골목 사진이란 게 공주라고 해서 특별할 것이 없었다. 골목을 가지고 공주를 보여 주는 일에는 한계가 있음을 느꼈다. 사실상 사진만 보면 우리나라 골목 전체가 모두 비슷비슷하니까 갈등이 생겼다. 그러나 잘만 하면 공주를, 혹은 산성동을 어떻게 해석하고 어떻게 보여 주느냐에 따라 특별한 공주가 보일 것이라고 믿으며 고민하기 시작했다.

보여 주는 방식에 따라 감성을 자극하기에 충분한 것이 또 사진이 아니겠는가, 적절한 시각적 매체를 더 활용하기로 했다. 사진을 인문학적으로 접근하기 위하여 텍스트로 보완하는 법을 택했다. 사진 선별부터 많은 신경을 썼다. 빈집 갤러리의 특성도 함께 고민했다. 이미 골목 사진이란 것이 사진 자체만으로도 텍스트로서 충분하지만, 설명이 부족한 부분을 인쇄해서 레터링 시트지로 벽에 붙였다.

대략 이런 내용이었다. "옛날 산성동은 부촌과 빈촌으로 나뉘었다. 일제 강점기 때, 공주 4대 만석꾼 중 한 사람인 정호림 씨의 고래 등 같은 집이 산성동에 있었다. 기와집이 몇 채 있었다고 하는데 지금은 산성동에서 유일한 옛날식 기와집으로 본채만 빈집으로 남아 있다. 마당은 꽤 넓은 정원이었는데 지금은 텃밭을 만들었다. 그 시절 정호림 씨 집을 기준으로 부잣집이 오른쪽은 김 참봉네 집, 왼쪽은 엄대섭 씨의 집인데, 둘 다 산성동의 대지주였다고 한다. 공산성 아래 동문 쪽 야산 아래로 공원 지역이라 용도 변경이 쉽지 않았음에도 불구하고 공주 출신 장성급 인물에 의해 택지를 조성해서 공주사대와 공주교대 교수들이 열 집 넘게 살았다 해서 '교수촌'이라 불렀었다."라는 식의 내용이었다. 벽과 방바닥까지 한 자 한 자 떼어 붙이는 레터링 작업은 만만치 않았지만 많은 공감을 불러일으켰다.

교수촌 동네에서 시내로 내려오는 지름길인 '산성동 찬호길'이 있는데 동네 사람이 아니면 잘 모르는 골목이다. 야구 선수 박찬호가 살던 동네라고 해서 붙여진 이름이다. 좁은 골목에 가로등이 아주 멋있어서 야경 사진을 찍으면 근사하다.

"야경을 촬영하다가 찬호길 골목에서 전 문화원장 사모를 만나 가로등 아래서 한참을 수다 떨었다."라는 식의 친절하고도 시시콜콜한 수다 같은 사진전이었다. 내 방의 텍스트 중 많은 부분이 '홍차'라 불리던 분이 산성동을 조사하여 카페에 올린 글을 토대로 작성되었다. 홍차님은 인터뷰를 통해 산성동의 역사를 재해석하였고, 나는 사진으로 다시 재해석하려 애썼다. 사진을 보는 사람에 의해 공주 혹은 산성동 골목이 재해석되리라 믿는 마음에서였다.

함께했던 오희숙 회원의 '추억의 봉황동 하숙골목' 사진도 추억이 있는 사람들에게 아주 많은 즐거움을 선사했으며, 대추골 사진을 통해 소리를 들려주고자 했던 임미성 회원의 사진도 많은 사람이 흥미로워했다. 같은 기간에 고마아트센터에서 열렸던 전시에 비해 하루에 관람객이 수백 명씩 줄을 있는 폭

발적인 관심에 우리뿐만이 아니라 시청도 놀라긴 마찬가지. 모두 빈집 전시를 통해 사람들이 무엇에 감동하는지 깨닫는 계기가 되었다.

공주 골목을 방문하는 관광객들도 공주의 맨얼굴 같은 골목에 감동한다. 우리가 즐거워하면 보는 사람들이 더 즐거워한다는 것을 또다시 실감했다.

그 골목에선 풀꽃 하나라도 뽑아내지 마라

골목길을 돌다 보면 늘 보던 것에서 생전 처음 보는 것 같은 미시감을 느낄 때가 있어 가끔 놀라곤 한다. '무엇을 잃었는가?' '무엇을 영 잊고 말았는가?' 갑작스러운 낯섦에 적이 당황스러운 것이다. 골목 끝 다른 길로 통하는 골목에서 오늘따라 꺾임의 각도가 틀린 것 같은 느낌, '그런 골목을 이대로 계속해서 가야 하나, 말아야 하나'라는 갈등이 찾아올 때처럼.

때때로 인생에서 그랬다. 엄마가 세상을 떠나신 후 친정집에 엄마를 보러 간 적이 있었는데, 근처까지 가서야 엄마가 없다는 사실을 깨달았다. 모든 게 낯섦을 뒤늦게 깨달았다. 엄마에게 갈 때마다 걸음이 빨라지던 골목이 사라졌다. 엄마는 그랬던 골목을 가져가고, 살던 집도 가져가고, 대문을 떼어 가셨다. 돌아올 때 낯익은 골목으로 펼치려고, 돌아올 때 손때 묻은 문 열고 돌아오려고, 혹시 돌아오는 길 잊을까 봐 그랬는지, 엄마는 낯익음을 가져가셨다. 그러고 난 그 자리에서 한 발자국도 더 떼지 못하고 낯섦으로 온몸을 떤다. 낯익음과 낯섦의 자리가 그렇게 가깝다는 걸 그때서야 새삼스레 깨달았다.

어쩌면 골목은 그렇게 돌아오기 위한 길일지도 모른다. 그러므로 그 골목에 난 풀 하나라도 밟지 말고 풀꽃 하나 뽑아내지 마라. 골목에 핀 풀꽃은 모두 엄마가 피운 꽃일지도 모른다. 남의 담벼락인 줄도 모르고 아무 데나 감아 올라가던 나팔꽃, 밟힐까 건너뛰던 발아래 민들레, 담 틈새 비집고 뾰족 올라온 맨드라미 촉까지, 무심한 풍경 같지만 엄마가 키우던 꽃일지 모른다. 돌아올 때 기억하려고 그랬을지도 모르게, 허름하지만 귀한 꽃들이 자라는 골목이다.

　엄마가 심은 꽃이라서 해마다 붉은색만 봐도 눈물이 나는 애틋한 색깔을 가졌거나, 때때로 우리의 소꿉 재료로 이파리부터 꽃 대궁까지 온갖 풀채 밥상이 되던 풀꽃들. 안마당에 심었던 맨드라미가 무슨 맘을 먹었는지 다음 해에는 밖에까지 날아가 저 혼자 다른 집 담벼락에 붙어서 크는 신기한 기적까지, 모두 엄마가 주고 가신 풍경들일지 모른다. 그런 풍경을 보면서 가끔 엄마가 다녀가신다는 걸 믿는다.

추억은 시간이 흐를수록 통통해졌다

혼자 청승스럽게 골목을 싸돌아다니던 것은 내 추억이 그리워서만은 아니었다. 가끔은 내 추억에 누군가의 추억으로 살이 붙어 내 것까지 통통해진다. 할머니의 추억에 엄마의 추억이 붙고, 엄마의 추억에 내 추억이 붙으면 이야기에 살이 오른다. 아마도 공주에서 해마다 백제문화제를 여는 것도 그런 이유일 것이다.

내가 살고 있는 이 땅에 기억도 못하는 그 시절, 누군가 살았을 그 사람을 기억해 보려고 애쓰는 일. 누군가는 그걸 뿌리라고도 하고 정체성이라고도 한다. 그런 의미로 내가 어느 별에서 왔는지 알고 싶어 하는 그 마음이 출발하는 후미진 골목이 가장 가까운 정거장으로 있다는 것은 얼마나 다행스러운 일인가.

처음 내가 태어났던 오창집엔 골목이랄 게 없었다. 옹기종기 있던 동네 전체가 펼친그림 같았다. 앞에 자리 잡고 있던 우리 집은 뒷집과 그 뒷집 아니면 뒷집에 살고 있던 재선네 뒷집, 혹은 옆집, 그리고 그 옆의 옆집이 전부였다. 그리고 마을 가운데 논을 두고 건넛마을이었다. 그러니 골목에 대한 기억은 빈약하기 이를 데 없다.

◇ 향나무가 있던 동네 우물가—거기선 집 펌프우물로 빨기 어려운 허드렛거리를 아랫사람이 들고 나가서 빨았다.

◇ 건넛마을 가는 길 끝에 있던 밤나무 – 할머니는 이른 아침(내게는 새벽) 잠에서 덜 깬 나를 채근하면서 다른 사람 다 주워 가기 전에 알밤을 주워 오라는 심부름을 시켰었다.

◇ 뒷마을 가는 언덕의 협동조합 – 가곡 살던 영순이와 하굣길에 우리 집에서 놀다가 돌아갈 때면 딱 거기까지만 데려다주며 거기서 무엇인가 하나씩 주전부리를 사 나눠 먹고 헤어졌었다.

◇ 재선네 집 뒤 야산 – 겨울에 눈이 내리면 비료 포대 하나씩 들고 야트막한 뒷산으로 가서 언덕을 탔었다.

고작 그런 정도가 오창집 어릴 적 추억이다. 그리고 중학교 1학년 때 서울 정릉집으로 이사를 갔다. 학교는 면목여중, 정릉에서 가려면 버스를 신설동에서 갈아타야만 했다. 뺑뺑이로 학교를 가던 시절, 아버지 표현으로 '재수가 없어서' 코앞 학교 못 가고 가장 먼 '면목여중'이란 공을 집은 것이다. 낯선 시내 중심지나 먼 학교에서 집으로 돌아올 때 버스에서 내려 후다닥 뛰다시피 하여 골목 안에 들어서서야 안도했다. 그때 골목은 내게 안도의 시작이었다.

정릉 2동, 임내과 골목 두 번째 골목에서 첫째 집, 내게 골목이란 그곳에서부터였다. 동생이 다섯이나 되니 놀이 구성원은 충분했다. 그곳에서 모든 추억을 공유했다. 서울 생활이란 것이 대부분 모두 문안에서 이루어지기 때문에 비밀스러울 수밖에 없었다. 그렇지만 시골 생활에 익숙했던 우리는 골목에 나가 놀기를 즐겼다. 그러다 보니 골목은 우리 차지일 때가 많았다. 골목에서 소꿉놀이도 하고 공기놀이도 하고 딱지치기도 했다. 함께 놀 아이가 없는 집엔 누가 사는지 어림으로 알 뿐이었고, 지금 생각하니 아마도 우리 때문에 골목은 시끄러웠을 것이다. 같은 담을 공유하던 옆집엔 어느 날 나문희란 탤런트가 들락거리는 걸 보았고, 나중에 알고 보니 나문희 씨의 동생이 사는 집이라고 했던 만큼 모든 것은 한참 뒤에나 알게 되는 낯선 이웃들이 있었다.

대문 앞 골목이 지루해지면 원정을 갔다. 정릉 1동에 있던 동생들이 다니던 숭덕국민학교를 가기 위한 지름길, 찾아낸 골목에서 골목으로 가는 길, 골목은 훤했다.

그러다 보니 골목 섭렵은 자연스러운 일이었고 3동이나 4동이 있는 청수장까지가 우리의 구역이 되었다. 그런 골목을 공주에서 만나니 반가울 뿐이었다. 다만 나이가 들었으니 놀이 방법을 달리했을 뿐이다.

공주에도 몇 군데 아직 우물이 남아 있다. 봉황동 고개에 하나 있고, 웅진동 동네 가운데에도 하나 있다. 또 옥룡동 너머 우물가 옆에 향나무가 있는데, 우물에 대해 아는 사람은 그리 많지 않을 것이다. 나도 안 지가 얼마 안 되었지만, 우물은 메워지고 약수터로만 남아 있는 향나무 한 그루. 내 추억은 정릉집보다 훨씬 더 먼 내가 태어난 오창집까지 갔다가 오곤 했다. 그럴 때 죽지 않은 내 추억이란 놈은 참 신통하다. 빨래하던 옆집 아줌마, 지금은 누구랑 그 수다를 다 풀어낼지 궁금하지만 향나무가 찍힌 한 장을 오래 들여다보면 풍경은 50년 전 수다를 엿들으며 추억은 더 통통해진다.

할아버지가 있는 '우물이 있는 집'

　제민천 길갓집, 고가네칼국수집에 칼국수 먹으로 가는 길에 "이 집 안에 우물이 있어."라고 알려 준 사람은 나태주 선생님이었다. "이런 집에서 살면 참좋겠다." 하면서 천변 가의 집 중에 이 집이 제일 마음에 든다고 하신 건 순전히 우물 때문이었으리라.

　선생님은 지날 때마다 몇 번이고 슬며시 문 열고 우물을 훔쳐보았을 터, 나도 그 이후 지날 때 몇 번인가 문을 밀고 우물을 훔쳐보았다. 대문 열고 우물좀 구경하자는 말을 굳이 하지 않은 것은 우물 하나 들여다보자고 일부러 주인을 불러 세울 것까지는 없다는 이유도 있겠지만, 문틈 사이로 우물 하나 몰래 바라보는 것만으로도 충분히 어린 시절로 돌아가는 통로 하나를 만날 수있기 때문이었다.

　우물은 한때 부의 상징이기도 했다. 한 마을에서 우물은 대부분 공동 우물을 이용했기 때문에 집 안에 우물을 둔다는 것은 특별한 집임을 암시하기도 했다. 밖에서 보면 가끔은 비밀스럽게 보일 수도 있었겠다. 언젠가 보았던 사극에서 궁녀 하나가 우물 안에서 발견되기도 했다. 국립공주박물관의 '고대 탐험 여행'이란 제목의 전시회에서 우물의 역사를 다룬 적이 있는데, 거기서 보니 우물이 단지 물을 먹기 위한 것은 아니었다. 우물에서 출토된 동물 뼈나 사람 뼈 그리고 각종 유물들을 통일신라 우물에서 일어났던 희생과 공헌이라는 주제로 전시한 '죽음을 품은 우물 이야기'를 그런 측면으로 보면, 우물은 참으로 깊고 어두운 비밀의 역사를 지니고 있는 제단이기도 했다.

　우리나라 작가 신경숙과 일본의 작가 쓰시마 유코가 1년간 문예지를 통해 주고받은 편지를 엮은 『산이 있는 집 우물이 있는 집』이란 책이 있다. 한국인과 일본인으로서의 아련한 어린 시절에 대한 이야기, 사랑과 슬픔을 함께 안겨 준 가족에 대한 이야기, 소설가로서의 삶에 대한 이야기 등, 거기에서도 우물은 역시 의미심장했다. 사과나무가 있는 집도 아니고 원두막이 있는 집도 아닌 우물이 있는 집에서 우물이 주는 의미는 어둡고 깊은 통로다. 울안의 우물은 지극히 개인적인 가족사를 의미한다.

　반면에 나는 참으로 따뜻한 추억을 가졌다. 참 낭만적이기까지 하다. 나의 우물에는 할아버지가 계셨다. 한여름, 긴 두레박 안에 담겨 따라 내려가던 노란 참외가 보인다. 지금도 잘 익은 참외를 보면 할아버지가 생각난다. 냉장고가 없던 시절, 참외밭에서 참외를 따 오면 할아버지는 우물 아래로 내리라고 이르셨다. 한나절은 기다려야 시원해졌을 냉장법은 나를 안달 나게 만들었다. "시원하고 맛있게 먹으려면 기다릴 줄도 알아야지." 하시며 나를 사랑방으로 안고 가 옛날얘기를 해 주시며 기다리게 했다. 그리고 건져진 노란 참외를 가르고 씨를 발라 보리 대궁을 꽂아 주셨다. 시원한 참외 속 국물은 달고 달았다. 그것이 할아버지에 대한 몇 개 되지 않는 기억 중의 하나이다.

　그리고 얼마 지나지 않아 우물에는 뚜껑이 덮이고 펌프가 올라앉았다. 그 이후에는 어떻게 되었는지 노란 참외의 기억은 사라졌다. 할아버지의 기억도 함께 사라졌던 것 같다. 그 많았을 기억 중에 왜 노란 참외와 우물이 함께 엮였는지 모르지만 어쨌거나 그러했으며, 어느 집이나 그랬듯이 대부분의 우물은 펌프로 교체되어 우물에 대한 추억은 사라졌다.

　그렇다면 이 집은 왜 아직까지 우물을 쓰고 있는 것일까에 대해서도 궁금하고 또 궁금하지만 우물을 궁금해하는 것은 그 집의 가족사를 묻는 일만큼이나 어려운 질문일지도 몰라 그저 가끔씩 지나다가 지그시 문 열고 내 추억 속으로 잠시 들어갔다 나오면 되는 일이었다. 아마도 공주에서 유일하게 울안에 우물이 있는 집이 아닐까? 우물이 있는 집에 대한 생각은 이러하다.

롤랑 바르트는 그의 저서 『카메라 루시다』를 통해 사진 미학을 정의하면서 '푼크툼'을 얘기했다. 라틴 어로 '점'을 의미하는 푼크툼(punctum)은 순간적으로 꽂히는 어떤 강렬함을 의미한다. 즉, 사진을 통해 보는 사람의 뇌리 속으로 불현듯 찾아오는 정서적 울림을 '푼크툼'이라 해석하였다. 그리고 '찌른다'라고 설명하였다. 그렇다면 나는 우물 하나에 찔렸으며 잃어버렸던 할아버지를 만났고, 노란 참외도 만났다는 뜻이다. 그러나 우리나라의 모든 골목이 발전하면서 나를 찔렀던 많은 장면이 사라진다. 어느 날부터인가 내가 좋아하던 공주가 맹숭맹숭해진다. 따라서 내 사진에도 힘이 빠지고 있음을 느끼게 되었다.

성당이 보이는 풍경

독일 카셀 도큐멘타에 갔을 때 빌헬름스회해 궁전에서 풍경을 위한 창문을 본 적이 있다. 이 창문은 내부의 환기나 용도에 의해 만들어진 것이 아니라 풍경을 고려해서 창문의 위치나 틀을 만들었던 것이다. 내가 좋아하는 렘브란트 그림이 세계에서 두 번째로 많다고 하여 그림을 실컷 보겠구나 싶어 벼르고 갔는데, 그만 창문 앞에서 그림 같은 풍경에 홀딱 빠졌다. 창문 앞에 서면 반듯한 숲속 길과 함께 긴 도로와 멀리 성당 꼭대기가 보이고 성당을 향한 길이 반듯하게 보이도록 창문을 프레임화하였다. 의도적으로 길을 위해 창문이 만들어졌으며 창문을 위한 도로가 조성되었다. 세계적인 그 어떤 그림보다도 훌륭한 풍경화가 사계절 시시각각 다른 모습으로 그림의 옷을 갈아입는 멋진 풍경이겠구나 싶었다.

일본 돗토리 현에 있는 우에다 쇼지 사진 미술관 역시 그러하다. 우에다 쇼지 사진가는 돗토리 현의 사카이미나토 시에서 태어났다. 도쿄에서 잠깐 사진 공부를 했을 뿐, 고향을 떠나지 않고 자신이 좋아하는 고향의 돗토리 사구와 지평선, 하늘 등을 배경으로 작품 활동을 하다가 말년에 멋진 건축미를 자랑하는 자신의 이름을 딴 사진 미술관을 지어 명소로 만들었다. 워낙 외진 곳이라 일부러 하루쯤 시간을 내어 찾아가기 전에는 가기 어려운 곳이지만, 그의 사진뿐만이 아니라 그의 사진 못지않은 후지 산을 닮은 다이센 산을 그곳에서 볼 수 있다. 알음알음으로 사람들이 애정을 갖고 찾는 곳이다.

그곳에서는 건물 외부에 600밀리의 대형 렌즈를 설치하여 렌즈로 비춰지는 영상을 받아 건너편 다이센 산을 거꾸로 비치게 하는 사진 기법으로 멋진 다이센 산의 풍경 사진을 볼 수 있도록 했다. 또 2층 관람실을 구경하다 나오면 잠시 쉴 수 있는 의자가 있는데, 여기서 보는 다이센 산의 풍경 또한 의도적으로 물에 비치도록 설계를 했다. 창문을 통해 실제의 다이센 산이 멀리 보이고 연못 물속을 보면 다이센 산이 다시 거꾸로 보이도록 장치하였다. 그리고 풍경이 보이는 곳마다 창을 뚫어 멋진 풍경을 볼 수 있도록 눈높이에 맞는 파노라마 형태의 프레임을 만들었다. 안에서 바깥 풍경이나 정원을 구경하도록 설계하는 데는 특별한 감각을 지닌 사람들이라 발상이 다르긴 달랐다.

자신이 좋아하는 풍경을 위해 집을 짓는 사람, 풍경을 제대로 된 작품으로 만들어 즐기는 사람, 이처럼 풍경을 볼 줄 아는 사람이 공주에도 한 사람 있다. 그리스에서 돌아온 이광복 화백의 작업실에서 바라본 중동성당이 보이는 풍경이다. 작업실 안쪽에 서면 중동성당의 꼭대기가 딱 눈에 들어온다. 중동성당 때문에 그 집을 샀다고 했다. 벽돌로 지어진 높은 외벽에서 그리스에서 친숙했던 담벼락을 만났고, 중간쯤 딱 보이는 만큼 창문을 내고 십자가를 마음 놓고 보고 마음 놓고 기도할 수 있음에 감사해했다. 2층 작업실로 올라가는 계단은 그리스 섬집 풍경을 닮았다고 했다. 그리워할 수 있는 것들을 그리워하며 사는 법, 창문 하나에서 계단 하나에서 추억을 줍는다. 그곳에서 중동성당을 바라보며 섬집 이야기를 듣는다. 그렇게 이광복 화백이 살아가는 풍경을 만들어 가고 있다.

세상의 모든 풍경이 풍경 아닌 것이 없지만 나만의 풍경으로 만들어 즐기는 법은 나에게 특별한 선물을 준비하는 것, 나는 나를 사랑한다.

오거리시장을 아세요?

공주의 공주고등학교 앞에는 오거리가 있다. 옛날 일제 강점기 때 일본 사람들이 많이 다니던 심상소학교, 지금의 봉황초등학교는 오거리 건너편에 있다. 요즘도 그 오거리에는 장날마다 오전에 한 번 반짝 시장이 선다. 그 장은 오거리장으로 불린다.

옛날에는 제민천을 중심으로 제일감리교회가 있는 쪽의 나무시장, 옛 의료원 앞쪽의 싸전과 함께 재래시장 안 보건소 자리의 우시장까지 아주 큰 시장이 형성될 만큼 큰 장이 섰단다. 그리고 시류에 따라 내려간 산성시장은 명실공히 충남의 큰 상권 중심지라 할 만큼 번성했다. 지금의 산성시장이다. 그도 그럴 것이 사통팔달, 공주에서 90리 밖으로 여러 큰 도시와 연결될 수 있고, 뱃길로는 금강을 중심으로 수로가 발달해 그럴 수밖에 없는 장을 형성했던 곳이다. 그러나 어쭙잖은 오거리장은 따라가지도 못하고 옛날 장날의 시작점에서 몇몇 아주머니들이 푸성귀나 팔자는 마음으로 눌러앉은 것 같다.

오거리다리 건너편으로 심상소학교 가기 바로 직전 골목에는 한때 약령시장이 크게 형성되었었다고 한다. 지금 약령시장을 말하면 얼른 대구약령시장을 떠올릴 만큼 대구에 밀려 흔적도 없이 사라지고 이름만 남았지만, 예전에는 한가락 하는 명소였다고 한다. 그렇게 상권의 요충지로서 우리나라 중심의 충남, 충남 중심의 공주, 공주 중심의 오거리가 되었을 터, 중심 중의 중심 오거리, 공주의 알맹이가 되는 시장이었는데 지금은 간신히 오거리장이라는 이름으로 명맥을 유지한다.

시장도 그러하건대, 사람도 언젠가는 모든 것들이 스러지는 일장춘몽, 한때 일본 사람들이 제일 많이 살던 곳이 반죽동이었다. 해방 후 일본으로 돌아가 '공주회'라는 단체를 만들어 공주에 살던 사람들을 중심으로 전국 단위의 모임을 가지면서 오매불망 공주를 그리워하며 살던 사람들이 있다. 그들은 공주를 고향이라고 말하기도 하였다. 그도 그럴 것이 공주로 와서 살다가 돌아간 그 땅에서의 적응 또한 쉽지 않았을 터, 어린 나이에 살았던 공주를 고향으로 생각하고 함께하던 친구들을 그리워했을 만도 하다.

그러나 회원들이 나이가 들고 하나둘 세상을 떠나니 지난 2015년 54회를 마지막으로 해체를 선언했다. 해체 전 노무라(野村) 회장 등이 공주를 방문하여 국립공주박물관에 공주회의 해체를 준비하는 기념식수를 하기도 했다. 그들은 이전에는 이삼 년에 한 번씩 교류차 공주에 들러 오거리 주변 반죽동엘 다녀갔다. 그 연결 고리는 예전에 함께 학교를 다닌 적 있던 몇몇 어르신들의 주관으로 무령왕 네트워크 협의회라는 단체를 통해 이어졌는데, 올 때마다 "여기였던가? 여기였던 것 같아." 하면서 자신이 살던 골목 돌아보기를 일정에 넣었다.

그들은 자신들의 땅으로 돌아가 어디로 갈지 몰라 방황하며 오도 가도 못하는 오거리 같은 인생을 살았던 것 같다. 정치적인 것을 떼어 내면 한없이 따뜻한 사람들이다. 그러나 지금은 번성했던 약령시장과 함께 그들의 봄날은 갔다.

마지막 총회에서 마지막 회장 노무라 씨는 "공주회가 해체를 하지만 끝남은 새로운 시작을 의미한다."면서 이후에도 회원들의 공주 방문, 무령왕 축제 참가 등 공주와의 비공식 교류 활동을 지속적으로 추진할 계획을 밝혔다. 그리고 최근에는 그 인연이 영원할 수 있도록 일본 지바에서 발견된 2000년 전의

연꽃 씨앗을 발아한 오가하스(大賀ハス) 연꽃의 씨앗을 보내려고 발아 중이라고 했다. 그 연꽃은 아마도 악연을 인연으로 서로 그리워하는 계기가 될 것이다.

그런 옛이야기가 남아 있는 공주의 재미를 느껴 보려면 닷새에 한 번씩 열리는 오거리시장도 좋다. 아침 반짝 서다 마는 듯, 떨이하고 사라지는 오거리시장. 쓸쓸하지만 사람 냄새가 난다.

금학동에 살면서 가까운 시장을 즐겨 찾는 나태주 시인 내외는 장이 설 때마다 시장을 보러 나오신다고 했다. 여기서는 채소보다 푸성귀라는 말이 어울리고, 파는 사람이나 사는 사람이나 젊은이보다 나이 지긋한 사람을 좋아한다.

짧은 시 한 구절이 더 어울릴 것 같은 오거리, 여기에서는 옛이야기와 인근 시골에서 들고 나오는 유기농 같은 사람들이 장날마다 따끈따끈한 안부를 끼워 팔고 있다.

시인의 골목

　나태주 시인은 "가보지 못한 골목들을 그리워하면서 산다"고 썼다. 그 시를 읽다 보면, 가보지 못한 골목길의 행간은 우리를 무작정 어린 시절로 데려가 곤 한다. 가끔씩 그 옛날 옆집에 살던 친구가 놀자고 부르기도 한다.

　우리는 함께 음표가 되어 '솔'이나 '라'의 오선지를 옮겨 타며 노래를 부른다. 어느 때는 다음 줄인 '파'나 '시'쯤 숨어 노느라 엄마가 부르는 것도 듣지 못한 채, 오래도록 집에 돌아가는 것을 잊게도 한다. 아무 데나 숨어서 그림책이나 만화책 같은 것에 빠지게도 한다. 가보지 못한 골목에선 그런 함께한 친구가 무작정 그립다.

　그때는 왜 그렇게 엄마 몰래 하고 싶은 것이 많았던지. 숨어서 하는 일은 무조건 좋았다. 때로는 무럭무럭 자란 그 상상의 꼭대기, 두 옥타브쯤 올라가서 소리를 질러도 좋았다. 친구 한 번 나 한 번, 노래여도 좋고 고함이어도 좋았다. 시 안의 상상은 참으로 따뜻했다.

　세상 어디엔가
　우리가 아직 가보지 못한 골목길과
　우리가 아직 알지 못하던 꽃밭이
　숨어 있다는 것은
　그것만으로도 얼마나

희망직인 일이겠니!

    – 나태주, 「사랑이여 조그만 사랑이여」 부분

시인이 써 놓은 가보지 못한 골목에 대한 시, 남의 꽃밭에서 노는 일처럼 무한한 상상이었다. 상상을 걷는 것만으로도 희망적이라 했다.

그러나 내가 하는 사진은 시와 달라 제아무리 애를 써도 오선지를 옮겨 탈수가 없었다. 폼 잡으며 포장한들 사진에는 정직한 옹색함이 적나라하게 드러난다. 사진으로는 그 아름답던 추억은 찍을 수가 없어 아쉽다.

사진으로 골목을 갖고 논다는 것은 외로운 발걸음일 뿐, 사진은 언제나 저혼자 쓸쓸해진다. 그렇다면 나도 시인처럼 가보지 못한 골목길을 그리워나 하며 살걸 그랬나 생각이 들기도 했다. 그리고 더 이상 그리워하지 않기 위해서 희망을 버렸다. 담담하게 그래도 또 담으러 간다.

골목의 파사드, 혹은 기억의 파사드

불 꿈을 꾸었다. 골목이 활활 타고 있었다. 정릉 골목 같기도 하고 봉황동 골목 같기도 했던 골목은 수선스러웠다. 누군가가 속옷 바람으로 뛰어나와 동동 맨발을 굴렀다. 생생했다. 그러나 하루도 안 되어 거짓말처럼, 머릿속에 잔상으로 남았던 풍경은 동동 구르던 유난히 희었던 맨발만 기억에 남긴 채 사라졌다. 그랬다. 꿈은 늘 그렇게 쉽게 사라지고 꿈속에서 일어났던 일들을 빠르게 기억에서 지워졌다.

그랬는데, 어느 날 그 맨발을 만났다. 엄마가 돌아가시고 그다음 날, 염을 해야 한다고 엄마를 안치실에서 꺼내 왔는데, 핏기 가신 하얀 차가운 발을 보자 꿈속의 발을 기억해 냈다. '엄마 발이었구나.' 동동 구르던, 이제는 구를 수 없는, 평생 동동거렸던 그 발.

장례사는 정성스레 씻기고 뾰족한 빨간 고깔 같은 버선을 신긴다. 예쁘기도 하여라, 빨간 고깔 버선. 신발 안의 동동거리던 작은 발, 꽁꽁 묶인다. 이제는 동동거리지 말라고. 가슴에는 종이 연꽃이 차례로 얹어진다. 한 장 두 장 세 장 차례로, 꽃으로 덮는다. 이제 훨훨 날아가라고, 꽃으로 날아가라고. 기억을 일어나게 하는 의식과도 같았던 염(殮). 엄마는 그렇게 꽃 속으로 날아갔다.

떠나는 마당에 그 예쁜 발에 입맞춤하지 않았던 것을 오래도록 후회했다. 그리고 얼마 지나지 않아 더 이상 엄마가 돌아오지 않는 골목은 잊혀 갔다. 그리고 아무도 골목에선 나를 위해 동동거리지 않는다는 것을 알았다. 정말이지

믿을 수 없게 골목은 적막했고 고요했다.

그리고 조금 더, 시간이 흐르고 내게 엄마가 혹은 아버지가 있었다는 사실은 다 거짓말이 되어 갔다. 모두가 떠나간 그 골목에선.

한 장의 사진, 하나의 추억

한 장의 사진 속에서 추억은 또 다른 추억을 만든다.

누구에게는 시가 되고 또 누구에게는 그림이 된다.

그러다가 내 사진을 보고 '언젠가 보았던 딴, 그 풍경이네'

'그 풍경 속으로 한번 다시 가 보고 싶네' 하면서

그 골목들을 절절히 그리워해 주길 바라는 마음이다.

중동 147번지, 맛있던 골목

본적을 적어 내라면 중동에 살았던 사람들 중 많은 사람이 '중동 147번지'라고 적는다. 박물관 작은 사거리로부터 우체국다리까지 가다 보면 산성시장쪽으로 골목이 세 개가 있는데 그 골목 대부분이 중동 147번지이다. 시어머니가 자리를 잡기 시작한 동네도 147번지였다. 그러니까 옛 본정통인 셈이다. 어머님이 자주 말씀하시던 칠성당빵집의 며느리도 이 동네 사람이었다. 처음 내가 시집을 올 때 시어머니 눈에 안 차는 며느리였다. 내 시어머니는 칠성당빵집 며느리를 통해 며느리에 대한 기준을 잡아 놓으셨던 것이다. 사실 말이지, 당신의 아들에 맞는 여자는 내가 적당하다는 걸 나중에는 눈치채셨을 테지만, 칠성당빵집 며느리는 큰 키의 외모에(키가 자그마하셨던 시어머니에게 칠성당빵집 며느리는 부러움의 대상이었던 것 같다) 적당히 인자하고 품격 있는 집안의 며느리 같은 품성이 마음에 들었다고 한다.

공주 제일의 상권에는 이학식당, 간장집, 동명장집, 삼원식당, 가끔 방원집도 포함된다고 말씀하셨다. 그러나 지금은 이학식당만 명맥을 유지하고 있고, 식당들도 세대교체가 되었다.

그 옛날 우체국 앞쪽으로 크게 시장통이 형성되었다고 한다. 오거리부터 제민천 변을 중심으로 형성된 시장통엔 나무시장도 있었고 국밥집도 많았다고 하는데, 이학식당 국밥에 대한 추억 하나쯤 있는 것처럼 '중동칼국수'에 대한 향수도 하나쯤 추억으로 있는 그 골목의 칼국수집을 이 고장에서 학교를 나온 사람이라면 모두 '중칼'이리고 불렀다. 옛날, 공주사대나 공주교대의 신입생 환영회를 할 수 있는 단골집들이었다. 이학식당은 그나마 형편이 나은 사대 학생들이 단골층을 이루었고, 더 깊은 시골에서 올라온 초등학교 선생님이 되고자 하는 교대 학생들은 중동칼국수집을 좋아했다고 한다.

그리하여 지금 그런 골목을 중심으로 먹자골목을 만들었다. 지금은 이후에 생긴 삼미식당과 양반갈비집, 아래쪽으로 초가집, 한성칼국수 등 먹자골목답게 한 집 걸러 식당이 있다. 입구 쪽의 삼미식당은 그냥 '집밥'이 먹고 싶을 때 만만하게 찾을 수 있는 집이다. 문화원에서 가까운 삼미식당은 나태주 선생님의 단골집이다.

서울 혹은 도시에서 손님이 오면 서슴없이 공주 밥상을 소개할 겸 이 집으로 데리고 간다. 가격도 착해서 사는 사람이나 먹는 사람이나 부담이 없다. 청국장찌개, 된장찌개, 김치찌개, 마음 변해 특별한 것이 먹고 싶을 때 찾는 것이 고작 동태찌개일 만큼 무얼 선택해도 한 상 가득인 백반집이다.

언젠가 서울에서 김영만 사진가 내외가 오셨을 때 삼미식당에서 식사 대접을 했는데, 인사동 밥집 같다며, 서울에서는 요즘 이런 시골 밥상이 세련된 밥상이라며 좋아라 하셨다. 촌에 살면 무조건 도시적인 것이 세련된 것이라는 착각을 하긴 한다. 그러나 도시 사람 입장에서 보면 요즘은 옛것이, 또 시골스러운 것이 세련된 것으로 변해 가고 있다. 감동이 그리고 정서가 움직이는 것이 세련된 것이다. 결국 세상이 각박해질수록 감성 마케팅이 통한다.

그곳이 예전에는 '선전거리'였단다. 선전거리란 옛날 포목전 앞에 선전관이 많이 있었다 해서 붙여진 이름이란다. 예전 포목전의 규모가 궁금해서 시어머니께 전화를 했을 때 시어머니는 대뜸 "우체국 건너 글러루가 전부 겨." 하셨다. 그 '글러루'는 지금 먹자골목으로 변하여 또 다른 간판이 즐비하다. 우체국 건너편 삼미식당부터 유난히 그 골목에 간판이 많은 듯하다. '신신전거리'가 형성되어도 좋겠다. 그러나 공주는 공주 사람답게 언제나 느리다. 어느 날 보면 나타나 있고 어느 날 보면 사라져 있다. 알게 모르게 움직이는 도시가 공주다. 안에 들어앉아 있으면 절대 모른다. 그러다가 밖에 나가 살다 공주로 들어오면 "정말 많이 변했다"를 입에 달고 산다.

호서극장, 공산성의 혈투

　여행 중에 뉴질랜드에서 만난 어느 사업가는 공주에서 왔다니까 반가워서 어쩔 줄 몰라했다. 공주의 사대부고를 나왔다는데 반가운 마음에 내게 이것저것 묻는다. 누군가가 서슴없이 털어놓는 자신의 과거 이야기는 할머니가 들려주셨던 옛날이야기만큼이나 재미있다. 어쨌거나 이분은 대통다리 건너 호서극장이 아직 있느냐고 내게 물었다. 그 시절 영화 간판을 그리는 아저씨가 호서극장 후문 쪽에서 늘 그림을 그렸는데, 심심하면 영화 간판 그리는 걸 구경 갔단다. 번번이 영화 간판 그리는 것이 너무 신기했단다. 그러다가 어느 날, 그림 그리는 아저씨가 없는 날, 조수로부터 밀거래를 제안 받았단다. 조수는 50원 하던 입장료의 반쯤인 10원인가 20원을 받고 영화 중간에 후문을 통해 밀어 넣어 주었단다. 이대근이 나오는 야한 영화였는데, 이런 영화를 처음 본 터라 그 영화는 죽어도 잊히지 않는 첫 '야동'이었다고 한다. 뒤쪽 문으로 통했던 은밀한 밀거래, 구체적인 영화의 내용은 기억에도 없지만, 영화관 뒷문에서의 후미진 추억 하나가 그 사람에겐 공주 유학 시절의 그리움으로 남아 있었다.

　뉴질랜드에서 만났던 그 사람의 고백(?)을 기억하고 있던 터라 빈집 갤러리를 할 때 나는 하나의 색다른 제언을 했다. 마침 전시하기로 한 빈집이 호서극장 뒷골목과 담 하나 사이이기도 하여, 간판 그리던 아저씨가 그 시절을 재연해 준다면 오프닝이 흥미 있을 것 같았다. 교동 어디쯤 사신다고 하여 수소문하여 찾아갔다. 그리고 오프닝하는 날 옛 호서극장 벽에 간판 그리는 퍼포먼스를 해 주기로 하셨다. 그분이 실제로 1968년에 개봉한 〈공산성의 혈투〉라는 영화의 간판을 그리기도 하셨단다. 생각 같아선 뉴질랜드의 그분을 생각해서 이대근이 주인공으로 나왔다는 그 그림을 그려 달라고 하고 싶었지만, 가뜩이나 으슥한 골목을 우범 지역 만들까 봐 회의를 거쳐 그냥 〈공산성의 혈투〉로 결정했다.

간판 그리기 퍼포먼스는 우리 회원들과 방문자들에게, 아니 그림을 시연해 준 아저씨에게 아주 유쾌한 시간을 갖게 해 주었다. 그림은 아직까지 있으며, 지금은 그 골목이 밝아졌다. 누군가가 앞의 여관 두 개를 한꺼번에 사서 '정중동'이라는 게스트 하우스로 리모델링했기 때문이다.

그러나 나는 밝아진 골목보다 그 이전의 골목이 좋다. 골목다웠다. 멀리 있는 은밀한 그의 기억까지도. 그리고 내가 찍은 사진에게 주문을 걸었다. 머나먼 땅, 머나먼 추억을 가진 그 사람을 위해 내 사진은 가급적 은밀한 추억을 다치지 말 것.

아버지의 자전거가 있는 풍경

　여행을 가면 유난히 골목 사진을 즐겨 찍는 편이다. 왁자지껄한 골목부터 사람이 사라진 새벽녘 어스름 외등이 켜지는 고요한 골목 끝까지, 다시 아침 빛이 깨어나는 골목까지 그냥 그런 풍경이 좋아서 서성인다. 어떤 대문 앞에 서면 그 집 안의 자질구레한 수선스러움으로부터 잃어버린 유년의 아버지가 읽히기도 한다.

　남의 대문 앞에 놓인 자전거 하나로 이 집의 아버지는 지금 돌아와 집에 계시며, 지금쯤 가족들과 단란한 저녁을 드시겠구나 하며 평화를 느끼기도 한다. 나의 아버지는 언제쯤 우리와 단란한 적 있었는가, 그리워하게 만든다. 자전거 하나로 그리움 속에서 폭발한다. 그렇게 골목에는 지나간 시간을 당기는 어떤 힘이 있다.

　이 집의 아버지가 잡았던 손잡이를 중심으로 클로즈업해서 한 컷 찍는다. 아버지의 발이 힘차게 밟았을 페달도 찍는다. 거기에는 나의 아버지가 집으로 돌아오는 손이 있고, 힘차게 굴렀을 발이 있다. 아버지에 대한 몇 되지 않는 기억이 선명하게 다가온다. 아버지는 지금 자전거를 타고 돌아오고 계셨다.

　나는 아버지와 그리 가까운 편이 아니었다. 그렇기 때문에 아버지에 대한 기억은 그다지 많지 않다. 몇 되지 않는 기억 중에 이상하게도 아버지가 퇴근하여 돌아오시는 기억이 많다.

　아버지를 기다린 것도 아닌데, 아버지는 또 돌아오신다. 어쩌면 나는 아버지를 기다리고 있었던 것일까? 자전거를 타고 돌아왔던 단란한 남의 집 아버지가 내 아버지가 되어 돌아오고 있는 것이다. 어쩌면 아버지보다 내가 아버지를 더 많이 그리워했던 것인지도 모른다.

오늘의 자전거에 대해서는 아무도 읽어 내지 않아도 좋다. 아니, 읽어 내지 못할수록 좋다. 나도 아버지와 아무도 모르는 하나의 비밀 하나쯤 갖고 싶으니까. 그럴 때 아버지와 상관없는 자전거는 참 적당하다. 그런 날 아버지는 참으로 자상하게 나를 뒤에 태우고 동네 한 바퀴 돌아 주시지 않을까?

자전거는 추억에게, 추억은 자전거에게, 아버지가 먼저 말을 건다.

'뜻'밖의 부부, 박산소 석장승

뉴질랜드에서는 어느 마을을 들어갈 때 지역 원주민인 마오리 족들에게 들어가도 좋으냐는 신고식을 치르게 되어 있다. 얼굴에 문신처럼 그림을 그린 마오리 족이 나와 일단은 이 사람이 마을에 들어와도 되는지, 혹시 부정에 탄 사람인지와 같은 검사 의례를 거친다. 그리고 허락을 하면 서로 코를 부비는 인사를 나눈 후 족장이 그 지역만의 술과 같은 음료를 대접한다. 이 의례에는 여러 가지 의미가 있겠으나 씨족들이 모여 살던 고대 사회에 외부로부터 마을을 지키기 위한 수단의 형태라고 생각한다.

어느 나라엘 가든지 그 나라만의 수호 방식이 있다. 우리나라에는 마을을 지키고 마을과 마을의 경계를 구분 짓기 위해 세웠다는 장승이 있다. 우리나라 지명 중에 장승백이라는 이름만큼 많은 게 또 있을까. 오래된 느티나무가 서 있기도 하고 장승을 세워 놓기도 하였다. 이런 장승은 마을을 지키는 수호신 역할을 한다. 그리고 1년에 한 번 장승을 깎아 세우거나 정월 초사흗날 제사를 지내기도 한다.

공주도 시내권은 이미 도시화되어 그런 의식이 별로 없지만 인근 마을엘 가면 흔하게 볼 수 있다. 시내권에서 가장 가까이 웅진동에 한산소 혹은 박산소라고 불리는 동네가 있다. 한씨나 박씨의 산소가 있었다 하여 붙여진 이름의 동네이다. 언제 세워졌는지 모를 석장승 부부가 동구 밖 들판에 나란히 서 있다. 여자 장승만 보면 자그마하니 한없이 다소곳한 여인이다. 동글동글하니

81

세월이 깎은 얼굴의 표정이 그만이다.

박산소 앞의 부부는 내외가 건재하신데 한산소 앞마을의 내외는 남편은 사라지고 그 대신 적당한 크기의 오래되지 않은 돌이 서 있다. 문득 혼자 사는 여인이 혹시 남들이 우습게 생각할까 봐 댓돌 위에 사내 신발 한 켤레 거짓으로 놓아둔 풍경이 떠오른다. 남자는 여자를 지켜 주는 든든한 울타리일 텐데 외롭게 혼자 있지 말라고 동네 사람들이 기둥서방 대신으로 세워 준 모양이다.

가을 녘, 공주에 놀러 왔다가 시골 정취를 느끼고 싶다면 박산소 석장승 부부가 뭐하고 있나 보고 정방뜰로 해서 고마나루 솔밭길까지 산책하는 것도 좋을 듯하다.

금강 바다, 정방뜰

　가끔씩 공주를 쏘다니다 보면 공주 사람들도 잘 모르는 곳이 나온다. 무령
왕릉도 아니고 공산성도 아니고 알려지지 않은, 그 동네에서 나고 자란 사람
만이 알 수 있는 비밀스러운 곳, 아니 비밀스러워서라기보다 대단하지 않아서
알려지지 않았겠지만, 그런 곳이 더 재미있고 구미가 당기는 걸 어쩌나?

　무령왕릉 너머 백제큰길 가 아랫들관, 소정방뜰이 있다기에 찾아가다가 금
강을 계속 '바다'라고 부르는 어르신을 만났다. 금강 바다라니……. 이유인즉,
예전엔 곰나루, 들목나루, 데데울나루의 안쪽 뜰에 툭하면 장마가 들고 강이
범람했는데, 그때 물길을 따라 올라온 숭어나 학꽁치 같은 바닷고기가 금강에
서 낚시로 잡혔다고 하니 어르신 생각에 그곳은 바다였다.

　올해 나이 71세, 그곳에서 나고 그곳에서 컸단다. 어렸을 적, 7살 무렵이던
가? 강물이 넘쳐나 한산소 마을 턱 아래까지 물이 들어차고 어느 집은 지붕만
둥둥 떠다녔다는 얘기를 추억처럼 늘어놓으셨다. 아주 오래전엔 이 마을 대부
분이 강가의 비옥한 땅에서 농사를 지으며 살았지만, 장마가 들면 마을 사람
들이 금강 바다로 나가 바닷고기 낚는 것을 즐겼던 모양이니 상상만 해도 금
강의 크기나 깊이를 가늠할 수 있겠다.

　당나라 장수인 소정방이 금강을 거슬러 와 웅진을 공격할 때 주둔하였다 하
여 붙여진 이름, 고려 시대 현종이나 조선 시대 인조가 피난 갈 때에도 이곳으
로 들어왔을 거라는 설이 있는데, 지금은 일부러 찾아가야만 볼 수 있는 정방

뜰. 돌탑 하나만 그곳을 외롭게 지키고 있었으니 공주에 들어서는 나루들은 그렇게 잊혀 간다. 정방뜰에 구름이 끼면 꼭 비가 온다는 어르신의 아리송한 끝말이 알 듯도 하고 내내 궁금하다. 공주의 비도 나루를 통해 들어오는가 보다.

지금은 공주박물관도 중동에서 웅진동으로 옮겨 가고 의료원도 웅진동으로 이사를 갔다. 그 먼젓번에 공주경찰서도 웅진동에 일찌감치 자리를 잡았다. 그러다 보니 도로가 정방뜰 위로 나 있다. 그러나 백제큰길 안쪽 들판을 어슬렁거리다 보니 이런 이야기가 아직 낚시처럼 걸린다. 정말 금강의 학꽁치처럼 생소하지만 신선하다.

효자 이복의 갱경이고개

"아리랑 아리랑 아라리요 아리랑 고개를 넘어간다."

우리나라 민요에는 우리의 인생을 빗댄 고개가 참 많이도 등장한다. 그만큼 고개라는 것은 수월하게 넘어가기엔 난관도 많고 험했던 모양이다. 일 나간 어머니가 품삯으로 받은 인절미를 이고 고개를 넘어 돌아오는데 '떡 하나 주면 안 잡아먹지' 하고 호랑이가 목숨을 놓고 흥정하는 옛이야기가 있을 만큼 우리 정서의 고개는 깊고 험했다. '국그릇을 품에 안고 식을세라 고개를 넘었다' 해서 '국고개'라 불리던 고개가 있다. 국 '갱(羹)' 자를 쓰고 또 기울 '경(傾)' 자를 써서 '갱경이고개'라고도 불렀다. 얼마나 높았으면 걸어갈 때 국이 기울었을까마는 기울어질 만큼의 높은 국고개가 사라지니 어떤 이는 효심고개라고 불러야 더 어울린다고 말하기도 한다.

이 이야기의 기원은 고려 시대 이복이라는 효심이 많은 아들로 올라간다. 지금의 중동에서 옥룡동으로 넘어가는 국고개의 일화이다.

'고려 시대에 공주의 옥룡동에는 비선거리라는 마을이 있었다. 이 마을에 어린 나이에 아비를 여의고 살아가는 소년 이복이 있었다. 어려서부터 남의 집에 가서 일을 하고 그 품삯으로 음식을 얻어 눈 먼 어미를 봉양하였다.

그러던 어느 날 바람이 몹시 불고 아주 추운 겨울날, 여느 때처럼 밥과 국을 얻어 가지고 어머니께 드리러 집으로 가는 길에 그만 미끄러지고 말았다. 어머니께 가져다드릴 밥과 국을 땅에 쏟자 효자 이복은 그 자리에 주저앉아 집에 계신 굶주린 어머님 생각에 서럽게 통곡을 하였다. 이후 이복이 넘어진 그 자리를 갱경골이라 부르게 되었고, 후에는 국고개라 불리게 된다.

-『공주의 전통마을』(공주문화원, 1996) 참조

그러나 공주에는 두 개의 국고개가 존재한다. 윤정형외과가 있는 고개 역시 국고개라고 불렸고 그 이유는 모르겠지만, 박물관이 있던 본래의 국고개를 '국고개'로 부르기로 하고 옥룡동에 있던 이복의 효행비를 지금의 역사문화원 박물관 옆으로 옮겨 효심공원을 만들었다.

어쨌거나 그때부터 공주는 효의 고장으로 알려졌고, 국고개라고 불릴 만큼 국의 고장이라 그런지 국물 음식이 대세를 이룬다. 지금 공주국밥을 65년째 이어 가고 있는 금성동 새이학가든의 공주국밥은 이복으로 시작했던 장국밥 전설에서 유래한 것이 아닌가 생각된다. 공주 칼국수 또한 국물 음식으로 본다.

공주 10경의 하나, 서벙월대

　　조선 시대 서거정과 신유는 공주 10경을 지어 노래했다고 전해진다. 조선 초기의 서거정이 먼저 '공주 10경'을 발표하고, 그로부터 100년 후쯤 중기의 신유가 또다시 공주 10경을 지어 '후 공주 10경'이라고 부른다. 우리는 몇 대 하며 꼽는 일을 즐기는 민족인 것 같다. 각 지역마다 8대나 10대의 명소를 정해 그곳을 지키고 알리려고 애쓴다. 그러나 시대를 기준으로 해야 한다거나 정취를 기준으로 해야 한다는 식으로 그 기준은 주관적일 수밖에 없다. 공주 역시 같은 시대 두 사람의 공주 10경이 전해지나 100년 사이에 10경으로 꼽은 장소는 확연히 다르다. 객관성보다 시를 지은 사람의 개인적인 감동이나 취향이 작용을 했으리라 전해진다.

　　공주시도 이를 바탕으로 공주 10경을 지정하려고 했으나 지금은 어디를 노래한 것인지조차 알 수 없어 선정위원회를 조직하고 관광지 중심으로 하여 계룡산, 금강, 공산성, 고마나루, 무령왕릉, 마곡사, 갑사, 창벽, 석장리풍경, 금학생태공원을 공주 10경으로 지정했다.

　　이에 앞서 전 공주대학교 역사교육과 윤용혁 교수의 공주 10경 관련 정리를 보면 다음과 같다.

　　서거정의 공주 10경을 열거하면, 금강의 봄 뱃놀이, 월성(산)의 가을 흥취, 곰나루의 밝은 달, 계룡산의 한가한 구름, 금강루의 송객(送客), 정지사의 스님을 찾아서, 삼강(三江)의 푸르름, 금지(金池)의 연꽃, 석옹(대통사 석조)의 창포, 다섯 고개의 푸른 봉우리 등이 그것이다. 각 경치마다 시가 지어졌다. 반면에 가령 「곰나루의 밝은 달」 시는 다음과 같다.

곰나루의 맑은 물 일렁이는데/ 어느 사이 밝은 달이 떠올랐는가/ 백제 옛 역사, 나는 새처럼 지나갔으나/ 달에게 물어보면 달은 응당 알리라/ 한번 누선(樓船) 위로 학을 타고 오고부터/ 백제 사직 황폐하여 당나라 땅으로 변했네/ 낙화암 앞 봄 경치 보고 탄식하는데/ 조룡대 아래로 물결이 돌아드네.

한편 2백년 뒤 신유가 다시 읊은 공주 10경은 동월명대, 서월명대, 정지사, 주미사, 영은사, 봉황산, 공북루, 안무정, 금강나루, 고마나루 등으로 되어 있다. 그 가운데 봉황산 시는 이렇다.

산봉우리에 오동과 대나무 함께 짙푸르고/ 무성한 열매가 긴 줄기에 달려 있네/ 황패 같은 명관이 고을을 다스린다면/ 천길 대나무에서 내려온 봉황의 비상을 보리라.

― ≪금강뉴스≫ (2006)

나는 공주시의 공주 10경 지정을 앞두고 지역의 후보지가 궁금했다. 그때는 공주의 진짜 속을 알아 가는 것이 참 재미있던 시절이었다. 그리고 지역의 향토학자 윤여헌 선생님의 자문을 얻어 옛 지명과 현재의 장소를 찾아보는 일을 잠깐 한 적이 있다. 이때 서명월대가 대우아파트 부근이라고 하셨다. 찾아갔다.

주변을 살피니 대우아파트 자리가 꼭대기라 제격이었다. 이 집 저 집 벨을 눌렀더니 18층 집에서 허락을 해 주었다. 그 집에서 하고개와 피천말이라 부르던 지형을 촬영하였다. 당연히 그 풍경을 바라보고 사는 사람조차 알 수 없는 지명이라고 했다. 윤여헌 선생님을 통해 들은 이야기를 내 사족을 붙여 설명하자면 하고개와 피천말은 이러하다.

옛날 향교를 가기 위해 넘어오는 고개가 있었는데 말에서 내려 걸어오는 고개라 불리면서 '하고개' 혹은 '문턱고개'라고도 했단다. 향교가 있는 지역은 어느 지역이나 말에서 내려 가는 겸손을 보였다고 한다.

공주는 분지 형태여서 사방에서 공주를 드나들려면 고개를 넘어오거나 넘어가야 할 만큼 고개가 많다. 국고개, 우금치고개, 연미산고개, 마티고개 등. 아늑하여 좋기는 해도 드나들기는 어려웠던 것 같다. 게다가 공부를 하러 들어오려면 내려서 들어오라는 향교 옆에는 '하고개'라는 지명도 있다 하니 공주에는 인물도 많았겠다.

지금 공주는 우리나라 제일의 교육도시이다. 전국의 중고등학교 교사들 중 공주사대 출신이 많다. 그리고 초등학교 교사 중에는 공주교대 출신도 많다. 진정한 인재를 길러 내기 위한 인재를 제대로 교육하는 곳, 공주사대, 공주 교대. 이전부터 얼마나 많은 사람들이 어려운 고개를 넘어 '하고개'서 내려 공주로 왔게요, 한다.

사실 옛날 공주에는 여인숙이 참 많았다. 사통팔달 교통의 중심지이다 보니 장사꾼들이 많이 모여들어 그렇기도 했겠지만, 이동이 잦았던 선생님들이 하숙집이나 자췻집, 그리고 여인숙에서 월세방을 사는 경우도 많았다고 한다.

또 한 곳으로는 하고개 옆에 이름부터가 심상치 않은 마을이 있었는데, 피천말이라고 봉황산 자락 칼 모양의 산자락 아래 동네란다. 지형 자체가 칼 모양이라니 모양새가 궁금했다. 어떻게 산 모양을 칼로 표현했냐만서도 올라서 보니 칼이라고 보자면 두루뭉술한 날 무딘 칼이다. 그 아래, 옹기종기 천민의 집단이 살았단다. 그 시대에 천민의 계급이 사회에서 어떤 대우를 받았던지 간에, 칼 모양의 산 아래 살아간다는 것만으로도 불안해 보였다. 그러한 계급 으로서 생존 앞에 저항하기 위해서는 다시 칼을 들 수밖에 없지 않았을까.

'칼'과 '피천말'이라는 단어 앞의 '피'라는 음절이 동네와 어울리지 않게 살벌 하지만, 묘하게도 그 앞 동네 대우아파트 자리 부근은 서월명대, 가장 아름다 운 달을 바라볼 수 있는 자리라는데, 그렇다면 그들은 가장 아름다운 달을 볼 수 있는 곳 근처에 살았다는 얘기가 될 것이다. 그래, 세상에 가장 아름다운 건 하늘에 있다지? 하늘은 모든 것을 볼 수 있다지? 오늘 대우아파트에 올라가서 위에서 내려다보니 옹기종기 살았다던 마을이 마냥 썰렁해 보이더이다.

살구쟁이, 사진 한 장의 해석

'남의 불행이 곧 나의 행복'이라는 농담이 있다. 농담치고는 씁쓸한 농담이다. 병원이 그렇고, 장의사가 그렇고, 우산장수가 그렇단다. 갑작스러운 소나기로 우산장수는 쾌재를 부르기도 한다는 말에서 만들어진 것이다. 어느 나라이건 오랜 역사를 살펴보면 양의 기운이 있으면 음의 기운이 있게 마련이다. 한때는 기막히게 슬픈 역사였는데 지금은 그 슬픔으로 먹고사는 시대가 오기도 하니까.

몇 가지 예를 들어, 캄보디아 수도 프놈펜에 가면 킬링필드라는 잔혹의 역사가 관광 명소가 되어 있다. 고등학교를 감옥으로 만들어 온갖 만행을 저질렀던 살육의 현장을 있는 그대로 보여 준다. 1975년 캄보디아의 폴 포트 정권 때에 크메르 루주라는 무장 단체에 의해 저질러진 만행의 역사를 〈있·는·그·대·로·보·여·준·다.〉는 것이다.

또 일본 규슈 지방 어딘가를 여행했을 때 화산으로 뒤덮인 마을 전체를 그대로 관광지로 만들어 공개한 곳을 본 적이 있다. 우리나라 같으면 모두 밀어내고 다시 신도시를 만들었을 거라는 생각이 들었다. 이곳 역시 남겨진 것들을 〈있·는·그·대·로·보·여·준·다.〉 어쩔 수 없었던 역사, 어쩔 수 없었던 상황, 그것이 시대가 바뀌니 이제는 관광 자원이 된다. 시대가 흐르면 조상의 불행까지도 내가 먹고살 수 있는 자원이 되는 것이다.

또한 중국의 타클라마칸 사막 근처 미라박물관에 가면 많은 미라가 전시되어 있는데, 사막에서 길을 잃고 말라 죽은 많은 사람이 그대로 전시되어 있는 것을 볼 수 있다. 이처럼 죽은 사람까지, 혹은 조상을 팔아먹을(?) 수밖에 없는 일이 세계 곳곳에 비일비재하다. 이러한 관광 자원을 다크투어리즘으로 분류하기도 한다.

공주에도 공개할 수 없는 꽁꽁 숨겨진 이런 비밀의 장소가 하나 있다. 왕촌 살구쟁이다. 이름은 청승맞도록 아름답다. 이름만으로는 살구나무 흐드러지게 피고 봄꽃 냄새 흩날릴 듯하다.

언젠가 공주대에서 근대사를 연구하는 지수걸 교수 팀인 우금치사업단과 향토문화회와 함께, 꽃다운 나이에 사상이 다르다는 이유로 집단 학살을 당한 이들을 위한 기도회를 가진 적이 있다. 유족들을 모시고 시민 위령제를 지내는 것이 어떻겠느냐에서 이야기가 진전되었던 것이다.

살구쟁이 학살 사건은 6·25전쟁 개전 초기 군인과 경찰에 의해 600여 명에 달하는 보도연맹원과 좌익수들이 집단 학살된 사건으로, 60년이나 지난 지금에 와서야 진실화해위원회를 조직하고 2007년 조사 결과를 기초로 충북대 발굴 조사단이 유골을 발굴했다. 우리나라에는 이곳뿐만이 아니라 학살 현장이 아주 많단다.

우리가 모르는 역사, 함께 총살당한 진실, 이제는 알아야 하지 않겠는가. 우리나라에는 우리의 진실된 역사를 보관하는 기록 보관소가 있는데 너무 어마어마해서 차마 개봉하지 못하는 진실이 많다고 한다.

그 청춘들 어찌하라고 왜 하필 이곳이 살구쟁이인가, 대체 언제부터 살구쟁이였는가. 살구꽃 피던 마을 살구쟁이는 살구꽃 베이고 결국 살구(殺仇, 죽일 살 원수 구)쟁이가 되어 있었다. 이름이 살구라서 이름 따라 갔을까?

한 장의 자료 사진을 보여 준다. 사진은 미국인 군인이 찍었다는데, 총을 든 사람은 우리나라 군인이라서 초상권 때문에 묵혀 두다가 미국 군인이 죽기 전에 보내왔다고 한다. 지금 이 사진은 국가기록원에 보관 중이라고 했다. 그러나 역사학자들은 보면 얼른 안다, 배경으로 보아 어디인지. 금강 변 왕촌 근처였던 것이다.

이런 사진을 두고 사진 하는 사람들은 증명성과 전면성인 사진의 본질에 대해 애기한다. 남겨진 사진 한 장으로 시대와 역사를 해석하고 가늠한다. 옷차림으로 신분을 찾아내고 나이를 가늠하고 표정으로 시대성을 읽는다. 그렇게 사진 한 장으로 그 상황은 다 읽히고 말았던 것이다.

총은 든 남자를 확대하니 총을 들고 웃고 있는 모습이란다. 왜 웃었을까에 대해 이야기했다. 그것도 바로 살구쟁이 앞에서, 곧 총살을 당할 사람 앞에서, 왜? 의견은 분분했다.

그 시대의 정황으로 보면 사진기 앞에서는 무조건 웃어야 한다는, 멋있게 포즈를 취해야 한다는 무의식이 작용했을 것이라는 게 내 추측이다. 그렇지 않고서야 어떻게 사람의 탈을 쓰고 천연덕스럽게 웃을 수가 있었을까. 그렇게 믿고 싶었다, 적어도 같은 동족이라는 입장에서는. 참으로 슬픈 사진과 슬픈 현장, 또한 슬픈 해석이다.

지금은 대전 나가는 소학동 구길, 발굴 작업은 중단되었고 쓸쓸하게 표지판 하나 아무도 돌보지 않은 채 서 있다. 누구든 혹시 지나는 일 있거든 잠시 내려 위로의 마음 전해 주시길.

고도(古都)를 기다리며

　몇 년 전에 공주대에서 실시하는 '공주 고도(古都) 육성 아카데미'라는 프로그램에 등록을 해서 강의를 들었던 적이 있다. 백제라는 우수한 역사 자원이 있음에도 경주에 비해 고도라는 의식이 약했던 공주 주민들에게 의식을 심어 주자는 취지로, 부여와 익산이 함께 실시한 프로그램이었다.

　듣다 보니 공주 사람이라면 당연히 익숙해야 할 고도(古都)라는 단어가 아직도 익숙하지 않았다. 고도란 '옛 도읍'을 말하는 것이지만 처음 '고도 육성'이라는 말을 들었을 때 소싯적에 보았던 〈고도를 기다리며〉라는 연극을 먼저 떠올렸다. 원제는 "En attendant Godot"로 '고도'라는 이름의 남자를 기다린다는 뜻이다. 연극을 보았던 그때에도 고도라는 단어에서 헷갈렸다.

　이번에는 어떤 고도지? 고도의 의미는 많기도 하다. 고도(高度)는 비행기를 탈 때 고도가 몇이라고 수시로 방송하여 익숙하다. 해발(海拔)과 비슷한 의미인 것으로 안다. 또한 고도(孤島)라는 단어는 외로운 섬이라는 뜻으로 시를 읽다 보면 가끔 만나는 낭만이 있는 단어이다. 그 밖에도 古道(오래된 길), 古刀(오래 된 칼) 등 많기도 하다. 일본 작가 가와바타 야스나리의 『고도(古都)』라는 소설도 있는데, 어떤 고도이든 모두 뜻이 주는 의미가 깊다.

　'우리더러 古道를 걸어가라구? 이러다가 공주는 孤島를 만나게 되는 것은 아닐까? 그렇다면 古刀를 휘둘러야 하는 것은 아닐까?' 머릿속은 백제의 '고도'로 와글거리면서 갑자기 64년간의 공주 옛 도읍지 '웅진'으로 우리가 어떻게 먹고살아야 할 것인지 큰 숙제가 던져진 것이다.

다행히 우리는 공주 사람이었다. 공주에 사는 한 공주를 생각하지 않을 수 없었다. 지금까지 고도 육성에 관한 어려운 문제는 전문가나 학자의 영역이라고 생각했지만, 이제 함께 머리를 맞대고 공주를 지켜 보자며 팀을 구성하고 공주를 연구하기 시작했다. 어떻게 지킬 것인가, 우린 무엇을 해야 하는가?

그 강의가 개설될 적엔 공산성이나 무령왕릉이 유네스코 세계유산으로 지정되기 전이었다. 유네스코 세계유산 지정에 꼭 필요한 주민의 유적에 대한 인식을 위한 교육이었음을 나중에 알았다. 어쨌거나 15회 가까이, 백제 유적 지구로서 유네스코에 지정되고 나서까지 이 교육은 계속되었다. 그러니까 한 강좌에 40여 명씩 공주 지역의 500~600여 명이 고도 공주에 대해 심도 있는 교육을 받았다는 얘기이다.

그뿐인가. 과정이 끝나고 강의를 들은 사람들 중심으로 구성된 열성꾼들이 심화 과정을 요청했고, 대학의 역사과 교수님들께서 열의에 힘입어 재교육 과정까지 서슴지 않고 해 주셨다.

우리가 할 수 있는 것이 무엇일까? 공주를 어떻게 해석하고 무엇으로 공주를 이미지화하고 브랜드화시킬 것인가? 각자가 모두 열성분자가 되거나 애향심 가득한 주민이 되었다.

의식 교육이란 무서운 것이었다. 각자가 각자의 분야에서 공주를 위해 할 수 있는 일을 찾아 나가기 시작했다. 나는 다행히 2010년도에 이미 대백제전 기간 동안 '공주, 옛날이야기'라는 옛 사진전을 기획하고 책을 냈었다. 내가 잘 할 수 있는 일은 사진이 아닐까 생각하여 사진 아카이브 작업을 진행했던 것을 스스로 기특하게 생각하였다.

이후 공주대학교에는 문화유산대학원이 개설되고 공주학연구원이란 기관이 생겼다. 이제 공주는 활발해졌다. 나도 이런 학과 과정에 동참하면서 공부해 나갔다. 공주대학교에서 역사나 공주 관련 세미나 한 번 하려면 역사과 학생 동원하느라 바빴는데, 이제는 끝날 때까지 만석으로 마니아들이 생겼다.

　고도(古都)가 무슨 고도인지도 모르던 사람들, 이제는 함께 고도(古道)를 걸어가자며 손을 잡는다. 공주, 사람까지 참 좋아진다. 공주문화원에서는 공산성이나 무령왕릉을 아침 산책하자며 가끔씩 번개를 친다. 주로 공주에 새로 부임해서 공주가 낯선 기관장들을 함께 초대해 공주 마니아를 만들어 흠뻑 정들여 놓고 떠나시게 한다. 나태주 원장님다운 기획이다. 이렇게 동참하셨던 분들은 지금도 아름다운 공산성이 보고 싶다고 안부를 물어 오시기도 한다. 물론 고도 육성 아카데미 과정도 일찌감치 수료하셨다. 실천을 실천하시는 원장님, 공주 사랑이 끝이 없다.

초록 섬 하나, 새들목

공주 금강에는 금강대교 옆에 '새들목'이란 섬이 있다. 2001년 공주신문과 녹색연합 주관으로 이 섬 이름을 공모했는데 내가 우연히(?), 아니 당연히 응모하여 당선되었고, 이후 '새들목'이란 이름으로 지명사전에도 등재되었다. 5만 원인가 10만 원인가 상금을 받았는데 받는 즉시 녹색연합에 후원금으로 내줬던 기억이 난다.

배경은 이렇다. 나태주 선생님이 녹색연합에서 활동하시던 2000년대경, 공주신문의 신용희 기자님과 새들목에 제대로 된 섬 이름 달아 주기 작업을 벌였다. 신 기자님과 한두 차례 섬에 들어가 사진을 찍으면서 내가 그 섬에 홀딱 반했던 것이 계기가 되었다. 이름을 제대로 가지려면 지역 언론사와 그 섬에 걸맞는 녹색연합이 어울릴 것 같아 신 기자님이 나태주 선생님과 상의하고 두 단체가 뜻을 모아 줬던 것이다.

사실은 그 섬 이름도 나 혼자 지은 것은 아니다. 함께 사진을 하던 어느 선생님께 새들이나 들며 날더라 했더니 그런 곳을 "들목이라고 한다더라" 하시기에, 그럼 볼 것도 없이 "새들목이네, 뭐" 한 것이 계기였다. 자연히 '새들목'이란 이름이 도출되었다.

그곳은 금강 물줄기 중 어느 톱엔가에 걸려 모래가 쌓이기 시작한 퇴적섬이다. 내가 처음 그 섬을 보았을 때만 해도 가뭄 때는 나타나고 장마 때는 가라앉는 작은 땅이었다. 지금은 울창한 숲이 된 새들목이 풀씨로 시작하였다는 것이 참 신기한 일이다.

새들목은 1년에 한두 차례 새들목으로 들어가는 문이 열린다. 공주에서 활동하고 있는 해병전우회가 20년 가까이 연례행사로 섬을 청소하고 있기 때문이다. 처음엔 흙을 돋워 다리를 놓거나 하면서 청소는 주로 가뭄이 들 때 이루어졌다. 지금은 4대강 사업으로 물이 불어 배를 타고 들어가야 하지만 말이다.

그 대신 요즘엔 아래쪽에 드나들 수 있는 침목을 놓아 마음만 먹으면 들어갈 수 있으나, 개발 논란 이후 세간에 알려지면서 낚시꾼들이 드나들기 시작해서 시청에서 필요할 때만 개방하기에 이르렀다.

새들목엔 물뱀이 더러 보였고 새가 많았다. 후다닥 날아오르는 새로 인해여러 번 놀랐고, 스으윽 지나가는 뱀이 나타나면 거의 기절 수준이었다. 그리고 지금까지 그렇게 큰 것은 본 적이 없는 말조개라는 것이 눈에 많이 띄었다. 그러니까 그때는 사람 손이 타지 않은 자연 그대로의 섬으로 일반인은 들어갈일 없는 무인도, 비밀의 섬 같아 보여서 참 좋았다. 그때 이미 그 섬을 좋아한나머지 「새들목」이란 유치한 시를 지었고, 2층 방 한 칸을 '새들목방'이라고불렀다.

공주에는 취리산이라 불리는, 그런 시작으로 생긴 또 하나의 퇴적섬이 있다. 농고 뒤에 있다는 설명을 윤여헌 선생님께 들은 적이 있다. 그 얘기로 거슬러 올라가면 금강에 엄청 넓고 큰 섬이 있었다는 말이 된다. 하긴 예전에 미나리꽝이 있었던 금성동도 시내버스 정거장이 있는 데까지 뻘이었고, 어느 해이던가 장마 때는 큰 사거리 위쪽인 공고 가까이까지 물이 들어찼다는 걸 보면취리산이 금강 모래톱으로 시작되었을지도 모른다는 얘기도 이해가 될 법하다.

어쨌거나 그렇게 나와 인연이 된 새들목이었다. 그랬는데 작년인가 공주시에서 새들목 섬과 둔치 앞의 퇴적섬에 이름을 붙여 주자고 공모를 하였다. 그래서 새들목은 이미 등재된 이름이 있으니 미르섬만 이름을 달아 주어야 한다고 얘기해 주었다. 그래서 공주 금강에는 새들목과 미르섬 두 개의 퇴적섬이 있다. 취리산까지 치면 세 개의 섬이 있는 셈이다.

새들목을 진짜 좋아하는 몇몇 사람이 한 달에 한 번 아침 일찍 만나 새들목에 간다. 다녀오면 행복하다. 우리는 새들목이 사람들 손을 타는 것을 원치 않는다. 번지점프니 야영장이 하는 것은 가당치 않다. 옛 공주를 기억할 수 있는 한두 군데는 그냥 두어도 좋지 않을까.

사는 날까지
아주 깔끔하고 담백한 정신과
명쾌하고 정확한 리듬을 갖는 심장과
아주 조금만 더 맑은 피와
촉촉한 아침 안개로 단풍 들기를,

초록들은 그렇게
무리하지 않으면서
천천히 천천히
숨 쉬다가 사라지기를

– 김혜식, 「새들목」

그냥, 금강교

　누구나 한 번쯤, 결혼을 하고 서로 호흡을 맞추느라 가끔씩 티격태격하다가 아예 친정집으로 돌아가고 싶었던 적이 있었을 것이다. 돌아올 수 없는 다리를 영원히 건너고 싶은 그런 때가 내게도 있었다는 걸 고백한다. 그 시절 금강교는 유일하게 공주로 들어오는 다리라서 금강교를 두고 고민 또 고민을 했다. 그럴 때의 금강교는 의미가 남달랐다. 저 다리만 건너면 시집이란 굴레에서 탈출할 수 있는데, 다리 앞에까지 와서 건널 것인가 말 것인가 노려보고 또 고민했었다. 섣불리 건넜다간 다시 돌아올 수 없는 다리라는 것을 알기에 번번이 되돌아왔다. 지금 생각하면 참 잘한 선택이었다. 남편이야 둘째 치더라도, 틈만 나면 금강 다리를 건너는, 금강 다리를 아주 좋아하는 사람이 되어 있기 때문이다.

　공주 사람에게 금강 다리라 함은 금강교를 말한다. 다리 입구엔 1932년에 만들었다는 표지판이 있다. 자세히 살펴보면 군데군데 총알 튕긴 흔적도 있다. 그만큼 금강 다리는 어려운 시절에 공주를 혼자 지켜 낸 한이 서린 다리이다. 6·25전쟁 때는 폭격을 맞고 폭삭 내려앉아 오도 가도 못하는 원망의 다리이기도 했다.

　이 다리를 두고 한이 서린 표현을 할 때도 있다. 하는 일이 마음대로 안 될 때 "금강 다리에 가서 뛰어내리기라도 해야지 원" 하고 내뱉는 사람도 있다. 실제로 가끔씩 그만 살고 싶은 사람이 뛰어내리는 일도 있어, 구조대가 저 아래쪽 강에 가서 건져 오는 일도 심심찮게 일어난다. 얼마 전에도 자식들에게 부담 주기 미안하다며 어떤 할머니가 뛰어내려 보름 만에 찾아냈다. 그런 사람에게 금강 다리는 얼마나 한이 서린 다리이겠냐만서도.

어쨌거나 금강교는 유일하게 시내로 들어오고 나가는 랜드 마크였다. 타지 사람에게 좀 더 자세히 설명하려면 철교 다리라고 해야 알아듣는다. 금강에는 금강을 건너는 다리가 네 개 있는데 모두 금강 다리이다. 공주로 들어올 수 있는 다리로 대전 가는 쪽에 금강대교가 있고, 정지산 아래쪽 백제큰길로 우회할 수 있는 백제대교가 생겼다. 그리고 금강보 위에 하나가 최근에 더 생겼다. 그것도 부족해서 금강교 쪽에 다리 하나가 더 놓일 예정이라니 사람이 늘어난 것인지 차가 늘어난 것인지 모르지만, 우리들은 걷는 일을 죽기보다 더 싫어하는 괴물로 변해 가고 있는 것이 분명하다.

그중에 금강 다리는 공주의 중심에 있다. 금강을 가운데 두고 신도시 강북과 원도심 강남으로 나뉘어 건너다닌다. 예전부터 강이나 산으로 마을을 나누고 모여 사는 사람들끼리 나뉘어 다른 문화를 형성했듯이, 강남북의 삶의 패턴은 약간씩 차이를 내며 다른 무늬로 살아간다. 금강은 우리가 끼고 살면서 다리로 인해 우리를 나눠 놓다니 신기하다.

신도시 강북은 지가 상승에 따라 우월감까지 갖게 되었고 상대적으로 원도심은 뒤처진 느낌의 박탈감을 감수해야 하며 견뎌 갔었다. 서울의 강남이 자고 일어나면 집값이나 땅값이 살맛 나게 오르던 시절이 있었듯이 공주의 강남은 자고 일어나면 집값이 내려가 허탈한 적이 있었다.

그러나 요즘은 강 건너 신관으로 간다고 출렁, 이웃 세종시로 간다고 출렁, 그 덕분에 지금은 강남이 헐렁해진 듯해서 도리어 살 만하다. 물론 나도 주위 사람들의 추썩거림에 잠깐 동요된 적은 있었다. 그러나 내가 좋아하는 공산성을 싸 들고 갈 수도 없고 금강을 옆구리에 끼고 갈 수도 없었으므로 눌러살기로 작정했다.

공주는 작은 지역이지만 금강 다리나 건너며 그렇게 소시민으로 살 만하다. 걸어 본 사람, 공산성 바라보며 다리를 건너오는 맛, 강바람까지 참 좋다. 공주대 문화유산대학원에 입학해서 공주와 인연을 맺게 된 KBS 김조연 작가는, 이 다리를 나만큼이나 좋아하는 마니아가 되어 공주에 올 때마다 자주 이 다리를 걷는다고 한다. 박사까지 공주대에서 해야 되겠다며 입학을 하더니, 이 다음에 공주에 와 살 것 같다며 공주에 빠졌다. '정들여 보니 폭 빠지게 만들더라'는 곳이 공주라 했다.

공산성, 금서루에서 영동루 쪽으로 성벽을 따라 올라가다 보면 금강교를 한눈에 볼 수 있는 뷰포인트를 만난다. 강 건너 신관이 한눈에 보이고 미르섬이라는 이름의 둔치공원 앞 섬에는 철따라 꽃이 피기도 한다. 봄에는 유채에 이어서 꽃양귀비, 그리고 코스모스가 핀다. 그러나 공주 사람은 그 자리에 서면 지금은 물에 잠긴 배다리까지 보인다. 그 다리까지 보이는 사람은 뼛속까지 공주 사람인 셈이다.

모처럼 집에 오면서 그냥 금강교를 걷고 싶어서 터미널에서 내려 걸어왔다는 내 딸처럼, 어떤 날은 문득 금강교를 걷고 싶더란 마음은 언제나 설명할 수 없는 '그냥'에서 시작한다. 언젠가부터 은근히 그리워지게 되더라는 마음도 '그냥'이고, 살다가 팍팍할 때 전화 한 통 걸고 '그냥' 하는 마음처럼 그냥에서 시작한다. 고향이란 '그냥' 그리워지는 것에서 시작한다. 눈에 익은 것은 마음에도 익는다는 말처럼 그것이 그리움인 것이다. 금강교가 대단해서 그리운 것이 아니라 어느 날 문득 그냥 걷고 싶어지는, '그냥, 금강교'일 때 그 사람이 진짜 금강교를 사랑하는 사람이다.

녹두장군 오셨네

공주를 빛낸 사람들을 열거하라면 역사적인 인물들은 참 많다. 공주가 있기까지 우리가 존경하고 자랑스러워해야 할 인물들이 많다는 것은 공주의 힘이기도 하다. 한편 역사의 현장도 많다. 우금치와 함께 '녹두장군 전봉준'은 공주 사람에게 안타까운 농민 운동가로 기억된다. 그리하여 공주의 극단 논두렁밭 두렁에서 〈동학(東學)〉이라는 공연을 통해 그의 뜻을 기린다. 물론 공연을 하여 알려지기 전까지는 역사책에서 배운 대로 '조선의 농민 운동가이자 동학의 종교 지도자'라는 정도였다. 그리고 좀 더 안다면 안도현 시인이 신춘 문예에 「서울로 가는 전봉준」이란 시로 등단했다는 정도라고나 할까? 그러다가 10년 전쯤에 이걸재 씨가 이끄는 논두렁밭두렁이란 극단의 〈녹두장군 오셨네〉에서 '새야 새야 파랑새야'라는 노래의 시원을 알게 되었다. 녹두꽃은 녹두장군 전봉준을, 울고 가는 청포장수는 백성들을 뜻한다고 했다.

그리고 2016년도, 제법 큰 판으로 성숙한 〈동학〉을 통해 우금치 마지막 격전지에서 5만여 명이 목숨을 잃었다는 슬픈 역사를 새삼 알게 되었다. 극을 통해 하나하나 알아 가는 맛은 좋았으나 마음은 점점 더 아파 갔다.

그 시절의 농민이나 120년이 넘은 지금 객석에 앉아 〈동학〉이란 공연을 보는 우리나 어쩌면 '동학'에 대해 잘 모르기는 마찬가지였겠지만, 〈동학〉 공연을 통해 우리에게 그 슬픔을 기억하라고 잊지 말라고 외치면서 우리가 나아가야 할 길을 함성으로서 표현하였다.

"모든 이가 하늘이니 너 또한 기죽지 말라." "백성은 하늘이다." "백성은 하늘이다." "이 많은 하늘이 죽다니 어떡하면 좋을까." 하는 녹두장군의 안타까움이 그대로 전해졌다. 아니 쏙쏙 전해졌다.

이 시대 우리가 하는 모든 행동과 항거가 이 시대의 동학농민운동이구나 싶어졌다. 그리고 이런 외침의 공연이 더 성공적인 이유는 전문 배우가 아닌 지역 주민, 민초들이 스스로 무대에 오르고 함성을 지르며 아프게 외치는 소리이기 때문이 아닐까? 연극이 아니라 실제 같았다. 무대 위의 사람이나 공연을 보는 사람이나 가슴 먹먹한 현실을 제대로 느끼니 10년을 넘게 끌고 온 보람이 이제야 있는 것 같아 보였다. 12년 전 시골 사람들 몇몇 모아지는 대로 무지막지하게 시작했던 움직임이 진작부터의 봉기였다는 생각이 들었다.

이 공연에서도 심우성 선생님이 손수 종이 인형을 오리고 매달아 넣을 기리며 〈넋전 아리랑〉으로 서막을 열어 주셨다. 또한 뜻을 받들어 묵묵히 끌고 온 이걸재, 백남순, 최병숙, 임장묵, 논두렁밭두렁 식구들까지 함께 공연하며 이제는 제법 큰 판의 우리 문화 전통의 종합극을 만들었으니 박수를 보낸다, 무조건.

이 공연은 볼 때마다 늘 슬프다. 유난히 더 가슴이 아프고 서글펐던 이유는 무엇일까 생각해 보았다. 경제적으로나 정치적으로 중국이나 미국의 압력이 '사드'라는 현실로 조여 오고 연일 촛불 집회로 나라를 생각하는 사람들이 항거하는 지금, 우리 민족이 처한 상황은 그때나 지금이나 크게 나아지지 않았다는 현실이 슬프기 때문이 아닐까?

그런 의미에서 동학은 100년 전의 이야기가 아니라 지금의 이야기로 계속되고 있는 것이다. 백성은 하늘이라는 데 한 번도 하늘인 적 없던 백성들의 무너짐을 통해 우리는 무엇을 배워야 하는지, 또한 마지막 패전지 우금치 동학

전쟁이 왜 공주에서 다시 시작되어야 하는지, 우리는 어떻게 함께 극복해야 하는지, 공주는 지금 〈동학〉이라는 공연을 통해 무엇을 염원해야 하는지에 대한 화두임을 느꼈다.

삼남대로, 갈마기 언덕

진남루로 공산성 오르는 길, 공주 사람들만이 아는 아주 비밀스러운 통로가 있다. 입장권을 끊지 않아도 입장이 가능한 곳이 있다는 뜻이다. 보통 공산성을 가려면 공주로 진입해서 금강 다리 건너 금서루 앞 주차장에 차를 대고 공산성을 향해 올라가게 되어 있다. 당연히 유적지이니까 입장권을 끊어야 한다.

공주 사람들에겐 10년 전쯤 공주 사람임이 증명되면 입장할 수 있도록 허락해 주었다. 우리 같은 공주 사람은 그저 유적지라서 오른다기보다 너무 오래 공산성 곁에 살다 보니 그냥 산책 코스일 때가 많기 때문이다. 공주에서 학창 시절을 보냈던 사람은 보통 대여섯 번은 공산성으로 소풍을 갔으며, 곰나루 솔밭길까지 합치면 열 번도 넘게 갔을 소풍지이다 보니까 눈 감고도 훤한 곳이 공산성이다. 그런데 어느 날부터 입장료를 받겠다고 제지하니까 당연히 의견이 분분해질 수밖에. 그러나 공주 사람들 중에서도 오르락거리는 사람이 정해지다시피 하다 보니 얼굴이 신분증으로 눈빛만 봐도 안다. 매표소에서 얼굴만 마주치고 씨익 웃어 주면 되는데, 가끔씩 이것조차 미안할 때가 있다. 표 끊으려고 줄을 서 있는데 그냥 들어가면 특혜 같은 기분이 들다 보니 그렇다. 사실상 먼 길 공산성이 좋아 찾아오는 사람들이 우선일 수도 있으니까.

그래서 은근히 미안해진 공주 사람들은 정문보다 후문 혹은 개구멍을 선호 한다. 개구멍이라 부른다고 하여 기어 들어가는 곳이 아니라 공주 사람들이 하도 많이 다녀서 길이 나 있다. 오히려 한적한 오솔길이 되어 오히려 이 길로 다니는 것을 즐긴다. 우리만이 비밀스럽게 아는 길이니까, 나도 뒷길을 선호한다. 깊은 가을, 이 길로 아침 일찍 오르는 것은 공산성의 맛을 제대로 느낄 수 있는 방법이다.

공산성은 전면으로는 금강을 끼고 있고 시내 쪽으로는 행정 구역이 산성동, 옥룡동과 맞닿아 있어 모르긴 몰라도 대여섯 개의 길이 있고, 옛날에 뱃길로 공북루로 들어가 시내로 들어가는 삼남대로 길이 이중 한 길이다.

그 길, 공북루로 들어와서 진남루를 넘어 시내로 들어오는 갈마기길, 이곳이 삼남대로 길이었다. 아마도 조선 시대 인조가 공주에 피난을 왔을 때에도, 아니면 김구 선생님이 공주에 들렀을 때에도, 또 어사 박문수가 공주에 부임했을 때에도, 수많은 사람들이 이 길을 통했을 거라고 추측이 된다. 그때는 이 길밖에 없었으니까.

그런데 근대부터 불리던 갈마기길이라는 이름의 기원이 아리송하다. 갈마기는 '갈매기'의 사투리이고, 갈모기는 '가을 모기'의 준말이다. 그런데 진남루 앞쪽 마을을 갈마기 혹은 갈모기라 부르게 된 연유는 잘 모르겠다.

이 집 저 집 문을 두드려 본다. 갈마기를 찾아라. "이곳이 갈마기라구요? 여기는 '산성동'인데요?" "이크, 당신도 나처럼 공주 토박이가 아니군요." 그러다가 한참 후에 우성 토박이인 이걸재 씨가 해답을 주었다. 그곳뿐만이 아니라 어느 언덕길이라도 야트막한 언덕길을 공주 사투리로 갈마기라 부른단다. 토박이라는 사람들도 잘 몰랐던 지명, 산성동 갈마기. 산성공원을 입장료를 내지 않고 오를 수 있는 비밀 통로가 있는 곳, 공주 사람만이 다니도록 허락한 길이 갈마기길이다.

올라가다 오른쪽 마을을 내려다볼 수 있는 언덕배기로 오르는 길이 있는데,

이곳은 옛날 공주사대나 공주교대 시절 교수님들이 산성동 아래 옹기종기 모여 살아 '교수촌'이라 불리기도 하고 아직까지도 시인 조재훈 교수님이 이곳에 사신다. 그리고 그쪽으로 쭈욱 올라가서 시내로 내려오는 공주다운 길이 있는데, 그곳에 세계적인 야구 선수 박찬호가 살던 집이 나온다. 그래서 이 길을 '박찬호길'이라고 명명했는데, 등산 수준이긴 하지만 공주의 골목길다운 정취를 맛볼 수 있다. 공주중학교와 공주고등학교를 나온 박찬호 선수가 야구 연습을 할 때 갈마기길을 토끼뜀으로 뛰어올라 다녔다고 한다.

시시콜콜한 남의 추억이나 주워들으며 오르내리기 딱 좋은 길. 입장료도 공짜, 남의 추억도 공짜, 공주 골목의 길은 모두 공짜다. 그러나 당신의 추억은 비싸질걸? 참 좋다, 비싼 공주!

추억의 자리, 읍사무소

한때 누구는 즐거운 마음으로 출생 신고를 하러 삐그덕거리는 계단을 신나게 올라갔을 것이고, 누구는 서러운 마음으로 늦은 사망 신고를 하러 갔을 법한 반죽동 221-1번지의 읍사무소 자리, 그 계단 기억하는지.

공주 사람이 늘거나 줄거나 제일 먼저 알아채던 공주 지킴이 자리. 1920년 대쯤 처음에는 금융조합으로 지어졌지만 이후 읍사무소로, 다음엔 시청으로 사용되다가 한때 미술학원으로 사용되기도 했던 곳이지만, 지금은 공주역사 영상관으로 리모델링되어 공주의 속 알맹이를 보고 싶은 사람들이 심심찮게 들르는 곳이다.

역사영상관은 내가 백제문화제의 일환으로 기획했던 '2010년, 옛 사진 공모전'에서 얻어진 사진을 기반으로 시작된 곳이라 애정이 많이 가는 곳이다. 지금은 그 이후 더 많은 사진이 보강되어 공주의 근대 사진과 초기 현대 사진이 풍성하게 전시되거나 영상으로 슬라이딩된다.

이 건물과는 영상관이 생기기 전부터 인연이 깊다. 읍사무소 이후 얼마간 미술학원을 운영하다가 학원까지 모두 이사를 가고 우연히 건물 안의 사진을 찍으러 계단을 올라가 본 적이 있다. 한때 시 재산이었으나 사유재산으로 넘어갔다가 다시 사들여 귀중한 공주 재산이 된 공주 읍사무소 자리.

몇 컷 찍고 있는데 여학생 둘이 디카를 가지고 사진을 찍으러 왔다. 평생 잊을 수 없는 미술학원 시절의 추억을 남기기 위해서란다. 누구에겐 평생 추억이 되는 이 장소, 섣불리 리모델링되어 낯설게 남겨지지 않길 바랄 뿐이다. 추억은 각자의 것이다. 비록 우리가 지은 것은 아니지만 한때 그곳은 아늑하였으며 따스함은 추억이 된다.

누구의 설계로 지어졌는지 알 수 없는 유럽 고대 건축양식의 붉은 벽돌집이다. 공주에는 이곳 말고도 서너 군데의 빨간 벽돌집이 있다. 선교사의 집이 있고 중동성당, 또 지금은 사라진 영명학교 강당 건물 등이 있었다. 이 건물들이 근대 건축 문화유산으로 남겨질지는 우리가 이 자리에 얼마나 애착을 갖고 가꾸느냐에 달렸겠다.

베니스 산마르코 광장엘 간 적이 있다. 성당 앞, 광장 옆으로 노천카페가 즐비하고 그 거리에 앉아 많은 사람들이 베니스를 즐긴다. 참 부러운 풍경이었다. 이 자리도 많은 사람이 즐길 수 있는 문화가 있는 자리가 되었으면 좋겠다.

근대 건축물로서의 의미가 없다고 판단되어 벌써 사라진 옆쪽의 건물, 내려온 지 80여 년 시간이 단 하루 만에 폭삭 주저앉았다. 그리고 동그마니 본 건물만 영상관으로 남아 있다. 옆으로 연결된 건물은 사라지고 그 앞엔 썰렁하게 안내 표지판이 건물의 비석으로 남아 터를 알린다. 의미를 버리는 일 참 간단하다.

나는 아쉬운 마음에 건물이 사라지기 전에 앞 건물인 문화원 옥상에서 사라진 부속건물까지 사진을 찍어 두었다.

순교지 황새바위

관광학적 관점에서 접근하지 않더라도 우리의 역사에 대해 드러내는 방법은 그 나라나 그 지역마다 다양하다. 공주에는 관광지로서라기보다 그냥 마음 복잡할 때 나를 위해 죽어 간 누군가를 위해 묵상하기 좋은 곳으로 황새바위가 있다. 참 마음 고요해지는 곳이다. 저절로 겸손해지고 감사해진다. 한 바퀴 돌고 나면 나를 위해서라기보다 남을 위해 기도하도록 마음 넉넉해지는 곳이다.

공산성에서 무령왕릉으로 가는 길, 작은 언덕배기 황새바위, 한때는 공주감옥의 사형수들이 사형을 당하던 공개 처형지였다. 한때 황새가 많이 서식하던 곳이라 황새바위라고 부른다고 한다. 이곳은 천주교를 포교하던 신자들이 끌려와 회유당하거나 공개 처형당한 순교지로, 성지 위 성모동산에 올라 보면 370여 순교자들의 이름이 빼곡 적혀 있다. 김 서방, 박 서방, 이름도 없이 그렇게 불리던 사람들이 하느님을 위해 목숨을 내려 놓았다. 아니 우리들을 위해 죽었다고 해야 옳겠다. 그들은 기꺼이 죽었으며 그 앞 제민천에 마구잡이로 던져지고 한때 제민천은 자주 피로 물들었다는 기록이 있다. 그 순교자는 대략 400여 명 가까이 되어 가고 있으나, 황새바위 성당의 신부님 강론에 의하면 그 순교자는 하느님만 아실 것이라고 기록되어 있다고 한다. 그들에 대한 기록은 지금도 계속 발굴 중이다. 그만큼 황새바위 성지는 우리나라에서 가장 큰 순교 성지로 가장 많은 사람들이 박해를 받던 곳이다. 제일 많이 기도를 해야 할 곳이다.

황새바위 입구에 오르면 하얀 석상의 예수님이 자상하게 안아 주실 듯 손을 내밀어 반긴다. 그리고 돌계단을 오르다 보면 고개를 숙여야만 들어갈 수 있는 돌문이 나오는데, 순교지에서의 예를 갖추어야 할 순서이다. 고개를 숙이고 돌문을 지나면 열두 제자를 상징하는 빛돌이 세워져 있다. 그 앞에는 순교탑이 담담하게 아무런 장식 없이 서 있다. 순교탑과 경당은 1985년에 한국 건축가협회상을 받았고, 특히 경당은 미니멀 건축물(Minimal Architecture)로서 손꼽히는 곳이다. 그 아래 자세히 보면 구멍이 있는 돌과 밧줄이 놓여 있는데 이것이 처형할 때 쓰였던 시구틀이다. 그리고 또다시 건너편 작은 성모님이 올려진 오석으로 만든 기도실이 있는데, 그 아래 사람 하나 간신히 들어갈 수 있는 계단으로 머리를 조심히 하여 내려가면 무덤 경당으로 통한다. 벽에는 250여 순교자의 이름들이 적혀 있고 아래에는 석관 하나가 놓여 있다. 이 석관 안에는 순교자의 고향에서 가져온 한 줌의 흙들을 모아 놓았단다. 경당을 통해 밖으로 나오면 묵주 기도 길로 연결된다. 묵주 기도를 하거나 아무 생각 없이 한 바퀴 돌아도 저절로 마음이 비워진다. 성모동산을 오르면 공주 시내가 한눈에 보인다. 공주가 제일 잘 보이는 곳이다.

그리고 성모동산 아래 부활경당이 있다. 밖에는 성모 조각상이 세워져 있는데 아래 앉아서 바라볼 때와 서서 볼 때의 시선이 사뭇 다르다. 앉은 채 내민 손과 악수하며 눈을 올려다보면 금세 눈물 한 방울 또르르 떨어질 것만 같다. 안에는 전주의 한 화가가 기도하는 마음으로 타일에 성화를 그리고 구워 천장과 벽 그리고 바닥까지 장식했다고 한다. 아무것도 없는 텅 빔이 숭고하다. 전에 계시던 최 신부님이 아직 완공되지 않은 성당에서 마지막 새벽 미사를 드리고 떠나실 때 들어가 미사를 드린 적이 있다. 그리고 나는 너무 감격스러워

눈물을 흘렸고, 이후 가끔씩 황새바위 성당에 미사를 드리러 가는 계기가 되었다.

멀고 먼 길
환옥에서
들머리 가는 길

가지 마라
가지 마라
제발
들머리에는
가지 마라

어른들 말씀 어기고
꽃을 보러 갑니다
하나님이 키우던
꽃 한 송이

피다가
지다가
내 대신 꽃이 된
당신이 있다기에
만나러 갑니다

꽃으로 덮여진
시구틀을 봅니다

그동안
안녕하신지요?

– 김혜식,「부활경당」

골목에서 듣는 수다, 민나 도로보데스!

혼자 청승스럽게 골목을 싸다니다가 가끔 남의 대문 앞에 펴 놓은 평상에 앉아 그 골목 터줏대감이 펼쳐 놓는 꼬깃거리는 골목의 역사를 듣는 것도 나름 괜찮다. "난 여기서 몇 십 년째 살고 있는데"라고 시작하는 자랑은 텃세가 아니라 요즘 같은 세상에 골목을 지킨다는 자부심이라는 생각이 든다. 더러 말참견 하다가 얘깃속 사람에 대해 흥미를 느낀다 싶어지면 "그 냥반이 그때는 말이시" 하면서 그 사람에 대한 야사를 한나절 펼쳐 놓아도 부족하다. 그런 얘기 중 제일 재미있었던 이야기가 김갑순 갑부에 대한 이야기였다. "그 사람이 살던 집이 여기부터 저어기까지 였는데" 하면서 김갑순이 살았다던 옛집 대문 앞까지 나를 끌고 갈 참으로 얘기를 펼친다. 그래서 알아낸 사실이 김갑순 어머니가 하고개에서 국밥장사를 했었다는 사실이다. 김갑순 뒤에는 그런 어머니가 있었던 것이다. 그리고 그런 감갑순 이야기들이 바탕이 되어 1982년 MBC 창사 특집 〈거부실록〉이란 드라마가 방영되었다. 한참 유행했던 말 중에 김갑순이 외쳤던 "민나 도로보데스!"(모두 도둑놈이야)는 세상에 대한 통쾌한 반발이었고, 김갑순을 공주가 아닌 전국의 사람으로 만든 콘텐츠가 되어 버렸다.

그처럼 요즘은 그런 이야기가 상품이 되는 시대이다. 그리하여 공주학연구원에서 시작한 것이 할머니 할아버지 골목 해설사 양성 과정이었다. 처음에는 알음알음으로 몇 분이 공주학에 이야기를 펼치러 들락거리시더니 아예 교육과정까지 이수를 하셨다. 그 골목을 대해 제일 잘 아는 사람, 거기 살았던 사람에 관해 제일 많이 아는 사람도 경쟁력이 되는 시대가 되었으니 재미있는 세상이 되긴 했다.

하긴 공주에는 이런 일을 더 일찍 시작한 사람이 있다. 공주대학교에서 근대사를 연구하는 지수걸 교수님이다. 이야기 가게를 열어 이야기를 사겠다고 호언장담했을 때, 처음에는 그 말이 허무맹랑해 보였던 것도 사실이다. 봉이 김선달이 대동강 팔아먹었다는 얘기까지는 요즘 생수를 사 먹는 시대이니 이해가 간다 쳐도, 이야기를 사겠다는 건 무리가 있지 않을까. 그랬는데 실제로 요즘 스토리텔링이란 용어가 뜨기 시작했다. 옛이야기가 묻어 있는 옛 사진도 정책적으로 사들이더니 옛이야기를 수집하기 시작했다.

그러고 보니 오래된 개장수 이야기가 생각난다. 전에는 골동품을 수집하러 시골로 다니던 골동품 장사꾼이 더러 있었는데, 우스갯소리지만 있을 법한 이야기라서 한참 웃은 적이 있다.

한창 눈먼 골동품이 시세가 나가던 시절, 골동품 장사꾼이 어떤 마을에 가니 개가 꽤 값나가는 골동품에 밥을 먹더라는 것이다. 장사꾼은 '저걸 어찌 싼값에 들고 간다?' 분명히 자기가 저 개밥그릇을 산다고 그러면 눈치 빠른 개주인이 값을 터무니없이 매길 텐데. 그래서 머리를 써서 개를 사겠다고 했단다. 은근슬쩍 개밥그릇까지 끼워 달라고 할 참이었다. 그런데 제법 높은 금액으로 흥정해 개값을 지불하니 개만 풀어 주더라다. 그래서 "낯선 집에 팔려 가면 개가 낯설어하니 저 개밥그릇도 끼워 주쇼." 했더니 그 개주인 왈, "그걸 주면 나는 개장사를 어찌하라구요. 남들이 개보다 개밥그릇 탐이 나서 개값을 비싸게 쳐 주는데 나도 개장사 더 하려면 이 그릇이 필요하오." 하더란 것이다.

이런 이야기가 많은 도시는 도시를 상품화하는 데 좋은 조건을 갖는다.

바흐 옆에 바흐

공주에는 제민천 옆 '바흐'라는 커피숍이 있다. 제민천도 개천이지만 바흐도 독일어로 실개천이란 뜻이다. 그러니까 바흐 옆에 바흐다. 주인장이 독일에서 공부를 하고 와서인지 건물에서부터 약간은 묵직한 독일 냄새가 난다.

독일에는 사진사적으로 말할 때 빼놓을 수 없는 베허 부부의 유형학적 사진이 있는데, 사진이 갖는 엄격성과 획일성, 통일성, 정형성과 같은 틀이 모여 독일 유형학의 특징을 이루었다고 말한다. 그런 유형학적 사진에서 본 듯한 묵직하고 딱딱한 독일풍의 건물이 대통교 옆에 들어섰다.

건물의 외관이 차가운 벽돌 누드로 되어 있어 처음 리모델링할 때는 사람들이 마무리가 덜 되었나 보다 생각하여 이 건물은 언제 다 마무리되냐고 묻곤 했단다. 그러나 처음에 다소 이국적인 건물이었지만 눈에 익으니 지금은 제자리에 잘 자리 잡은 '바흐'가 되었다.

외벽엔 바흐(BACH)라는 간판이 붙어 있다. 옆에 'Books And Coffee & sandwicHes'라고 이니셜을 풀어 쓴 것을 읽어야 "아하, 북 카페구나." 하고 커피숍의 성격을 알 수 있다. 커피를 마시며 돌아보면 선뜻 빼 들기 어려운 제법 묵직한 전문 서적에 가까운 인문 서적들이 빼곡하게 있다. 교수님이 읽던 책을 기꺼이 내놓으셨다.

이 집의 매력은 모든 것이 진하다. 과일 쥬스도 텁텁할 만큼 진하게 생으로 갈아 내주고 샌드위치는 질 좋은 치즈와 야채를 아낌없이 두툼히 끼워 내놓는다. 커피도 공을 들인 수제 로스팅 커피로 질 좋은 커피만을 쓴다. 건물부터 메뉴까지 모든 게 믿음직스러운 독일풍이다. 독일 유학 10년 가까이 보고 느끼고 밴 독일적 사고나 진중함이 녹아 난다. 주인장은 공주대 서양문화사를 맡고 있는 교수님이시다.

처음 바흐를 계획할 때 나보고 옆집 제민천 가로 이사를 와서 누들거리를 만들어 보는 것은 어떠냐고 제안한 적이 있다. 이미 자리를 잡은 고가네칼국수와 건너편 진흥각짬뽕집과 어울리도록 잔치국수집이나 우동집, 짜장면집, 라면집 혹은 스파게티집 등이 모이면 제민천의 새로운 트랜드가 되지 않겠냐며 미리 원도심의 청사진을 그리고 좋아했었다. 그리고 누들 강변이라는 이름도 미리 지어 놓고 재미있어하시던 모습이 생각난다.

그러나 용기 없는 나는 엄두도 못 내고 교수님은 원도심에서 원도심의 흐름이나 정서를 바꾸어 놓을 만큼 유명한 랜드마크가 되는 바흐를 만들었다. 원래 대통교 다리로 통하는 도로는 옛 감영길이다. 그리고 지금 공주사대부고 자리에 1920년경 충청 감영터가 있었다. 그러니까 감영으로 가려면 바흐를 지나가야 하는, 옛길로 치자면 공주의 중심지 노른자에 바흐가 앉아 있는 셈이다.

최근 들어 붐처럼 옛날의 중심지였던 반죽동 일대가 도시 재생이니 원도심 활성화니 하며 다시 주목받기 시작했다. 장소적으로 볼 때 적합한 자리이긴 하나 주민들의 참여와 주민들이 어떻게 가꾸어 가느냐에 따라 원도심 재생의 활력 거점으로서의 옛 활기를 찾을 수 있을 것 같다. 그런 면으로 보면 바흐가 선구자적 역할을 해 주고 있다고 생각한다.

그러나 처음에 교수님은 전혀 적응 못할 것 같은 사람이었다. 말수 적고 도시적인 사람, 시쳇말로 차도남(?)이 촌구석이라면 촌구석인 반죽동에 어찌어찌 터를 잡더니 토박이를 꿈꾸며 아주 잘 정들여 가며 살고 있다. 그리고 제민천길 걷는 걸 자주 즐긴다. 더러는 제민천길 따라 산성시장 끝, 뚝방 보리밥집에서 보리밥을 먹자고 청하기도 한다.

나도 예전에 그랬었는데 교수님도 공주라는 곳은 답답해서 적응 못하고 올라올 줄 알았던 친구들의 예상을 깨고 친구들을 부추기기까지 한다. "복잡한 서울살이 그만두고 내려오시지?" 자신 있게 추천할 수 있는 그런 공주, 공주 사람 되어 가는 걸 즐기며 사는 사람, 이웃이 되어 가고 동네 사람이 되어 가며 산다.

II
공주라서 좋은 사람들

의자 하나 놓아둘게요,

오늘부터 이 풍경 다 가져요, 당신.

수선화 꽃밭으로 숨은 고양이를 그리워하는 화백

시인 나태주 님과 『공주 사람이 그리운 공주』라는 책 작업을 함께한 적이 있다. 시인은 시를 쓰고 나는 시를 본 후 시에 관련한 인물을 찍거나 풍경을 찍었는데, 작업 중간쯤 봄에 화가 임동식 화백에 대한 시 원고를 받았다.

나는 시를 받기 전에도 임동식 화백의 작업실에 놀러 간 적이 있었고 이미 여러 컷 찍어 둔 사진이 있었던 터였지만, 지난겨울에 찍었던 내 느낌과 나태주 시인의 임 화백에 대한 시는 느낌이 달랐다. 그래서 다시 촬영이 필요할 것 같았다. 시는 시대로, 나는 나대로 임 화백의 그림 속을 들어갔다가 나왔음이 보였다. 오래 그림을 들여다보니 제목에서 보았던 〈비단장수 왕서방〉 역시, 임동식 화백이 그린 풍경 속으로 서로 각각 들락날락하는 것이 보였다.

2016년 4월경인가? 임 화백은 제법 길게 대전시립미술관에서 '동방소년 탐문기'라는 제목으로 초대전을 열었다. 10여 년 전, 서울 이화익 갤러리에서 연 '비단장수 왕서방'이란 전시 타이틀로 화단에서 높이 평가를 받은 작가였다. 나는 뉴스를 보고 유구가 소재가 되었다기에 누군지 모르지만 일부러 서울까지 관람을 하러 갔다. 그렇게 알게 된 화가였다. 시립미술관의 전시는 〈친구 정군이 권유한 바람 쐬는 날〉〈친구가 권유한 봄비 나리는 곰나루〉〈고개 숙인 꽃에 대한 인사〉〈친구가 권유한 금강 풍경—봄〉〈수선화 꽃밭에서 강아지 찾기〉〈비단장수의 상속에 대한 숙고〉 등, 제목만 들어도 이야기가 그려지는 특이한 제목으로 구성되었다. 그 제목들은 마치 인디언의 이름과 같았으며,

한 편의 이야기가 그려졌다. 친구가 그리라고 하여 그렸다는 〈양쪽에서 바라본 풍경〉에는 친구가 바라본 풍경과 임 화백이 바라본 금강 풍경이 반반씩 들어 있었다. 대체 그 마음속엔, 아니 그림 속에는 누가 살기에, 끊임없이 누구에겐가 말을 걸고 그 이야기가 그림으로 그려지고 있는 걸까.

임 화백은 10년 전쯤 독일에서 돌아와 유구에서 생활하다가 몇 년 전에 친구가 가까이 사는 공주여중 앞쪽에 화실을 만들고 공주 시내로 나오셨다. 어사 박문수가 살았던 집과 대문이 이웃하는 거리였다. 시내로 나오셨다고는 하나 만나는 사람이 몇몇 정해져 있다 보니 거의 그림만 그린다고 봐야 옳았다. 정치적인 것과는 거리가 멀게 살면서 화백이란 표현 이외에 적당하게 붙일 호칭이 별로 없이 그냥 '화백'으로 족하게 살고 있었다.

지난 겨울날, 찾아간 화실 난로 위에서는 보리차가 종일 끓고 있었고 오일 냄새가 적당히 밴 그림들이 푸릇하게 보리싹을 키워 내거나 몇 년 전 북창동에서 전시했던 '비단장수 왕서방'이 지루하게 비단을 팔다가 졸거나 하였다. 내심 이화익 갤러리까지 일부러 갔던 팬임을 자랑질도 하고, 그 특별한 그림 얘기나 들을까 해서 갔는데 기르던 고양이가 새끼를 낳았는지 자꾸만 얘기가 고양이로 흘렀다. 고양이의 이름은 '봄'이라고 했다.

그림보다 더 귀하게, 고양이와 친하게 겨울을 나고 있었다. 거처는 마치 고양이를 위해 만들어진 공간과도 같았다. 고양이도 제 집처럼 굴었으니 그 집에 들른 사람은 마치 고양이 집에 잠시 들르는 사람들 같았다. 겨울은 푸근했고 모든 풍경은 고양이로 인해 친숙한 풍경이 되었다.

내가 본 임 화백은 세상 사는 것에는 서툰 편이었다. 세상은 나와 다른 방향을 보고 있지 않느냐는 듯, 눈길을 별로 주지 않고 살아가고 있었다. 그걸 보고 사람들은 '외롭지 않을까' 하는 시각으로 보기도 했다. 그러나 그 겨울, 나와 마주친 얼굴은 자주 웃었으며 편해 보였다. 고양이 때문이었을까? 아니라면 그가 그린 그림은 아주 느리게 가는 시간을 그려 내거나 뜻 맞는 사람 몇몇이 만나 그 풍경 속을 산책하는 중이었는지도 모르겠다. 그렇게 그의 그림은 모두 그때 어디이거나, 누구와 함께 그림을 막 빠져나오는 착각을 갖게 하였다. 그렇게 그와의 소통 방법은 모두 그림을 지나가고 있었으니 그림을 그린 선생님이나 그림을 본 나나 모두 외롭지 않을 것 같았다. 그의 그림은 대부분 공주였다. 그림은 분명 지금인데 그림 속에는 지나간 시간 속의 '그때'가 숨어 있었으며 숨은그림찾기 하듯 찾아내는 재미가 있었다.

이후의 소식 중에 고양이가 세상을 떠났다는 얘길 들었다. 그 대신 길거리 고양이가 매일 찾아오기에 문밖으로 밥만 준다고 하셨다. 다시 정들이는 것이 무섭다고 하셨다. 그러나 내 알기엔 필경 그 고양이는 그의 그림 속, 수선화 꽃밭으로 숨지 않았을까 하는 생각이 자주 들었다. 그렇게 화백은 그림 속 어딘가에 고양이를 숨겨 놓고 혼자서 몰래 바라보거나 그림을 보는 사람에게 찾게 하는, 그리하여 그의 그림 속에 함께 들어가 한참씩 놀게 만드는 신통한 마술을 부리고 있었다. 가끔씩 나도 그림을 펼쳐 놓고 고양이를 찾으러 갔다 오곤 하는 버릇이 생겼다.

이후 나도 임 화백에 대한, 아니 고양이에 대한 시 한 편을 지어 사진과 함께 고양이가 살던 집으로 보냈다.

1.
교동 158번지, 그림 속 풍경처럼
보리차는 종일 끓고 있었다

오일 냄새가 적당히 밴 보리밭
푸릇하게 싹을 키워 내고
'비단장수 왕서방'은 지루하게
비단을 팔다가 졸거나 하였다

종종 친구와 느티나무 아래를 거닐었다
유구의 연둣빛 들판, 보리밭 언덕
산책에서 돌아오는 길
왕서방에게 들러 한나절 놀다 왔으리라

2.
기르던 고양이가 새끼를 낳았는지
얘기가 자꾸만 고양이로 흘렀다
고양이의 이름은 '봄'이었다
봄이 커가는 것을 바라보면
봄이 그렇게 오리라는 듯
그림 그리는 일보다
고양이와 더 친하게 겨울을 나고 있었다

3.
자주 물던
담배 끝에선 여러 번
습관처럼 담뱃재가 떨어졌다

그것 또한 참으로 느리게
피우는 것인지
저절로 타는 것인지 모르게

4.
가을이 온다 해도 그곳은 봄이다
그림이란 그려지는 것이 아니라
삶이 채워지는 것이다
봄과 함께 있는 것이다

참, 사람이 그림같다.

– 김혜식, 「사람이 그림이다」

그런 시인, 천생 시인

　공주에 나태주 시인과 함께 사는 건 공주 사람에겐 복이다. 그런 시인의 곁에 서면 함께 풀꽃처럼 소박한 희망을 갖게 되고 사랑하는 법을 배우게 된다.

　공주의 유병덕 부시장은 공직자로서 유난히 나태주 시인의 시를 좋아하는 사람이다. 아무런 모임에서나 한잔 술이 돌면 시를 낭송하기를 자처한다. 술에 취하기보다 먼저 시에 취하고 만다.

　　너무 멀리까지는 가지 말아라
　　사랑아

　　모습 보이는 곳까지만
　　목소리 들리는 곳까지만 가거라

　　돌아오는 길 잊을까 걱정이다
　　사랑아.

　나태주 시인의 「부탁」이란 시다. 「풀꽃」 시처럼 짧아서 외우기도 쉽지만 누구에게나 간절해서 시를 따라가기 때문이다. 그렇게 공주 사람들은 시인의 시를 줄줄 외우는 사람들이 많다. 시낭송가로 유명한 박정란 시인은 「대숲 아래서」나 「비단강」 같은 긴 시를 청하면 어떤 자리에서건 줄줄 외운다. 공주 사람들이기에 가능한 일이 아닐까.

나 시인은 평생에 잘한 일 세 가지가 있는데 그중에 '시인으로 사는 일', '공주 사람이 된 일', 그리고 '자가용을 갖지 않은 일'이라고 한다. 자가용을 갖지 않는 것에 대해선 이름이 나태주라서 그런지 "나 태워 주" 하면 다 태워 준다고 농담을 하신다. 어쨌거나 시인은 걸어 다니거나 자전거를 평생 자신의 또 다른 다리로 여기고 분신인 양 타거나 끌고 다닌다. 평생 자전거를 고집하시는 이유는 운전을 하면 생각을 할 수 없고 주변을 돌아다볼 시간이 없어서란다. 자전거는 끌고 가다가 받쳐 놓고 한 줄 시도 자유스럽게 메모할 수 있다는 것, 그런 얘기를 들으면 그의 시가 어디서 왔는지 어디서 지어졌는지를 눈치 챌 수 있다. 아마도 풀꽃 시도 자전거 옆에서 나오지 않았을까 싶다.

그리고 먼 길에는 꼭 대중교통을 이용하는 걸 즐긴다. 풍경을 즐기고 생각을 즐기면서 세상 모든 삶의 풍경을 두리번거리다가 아무 데서나 또 시 한 줄을 지어 꺼내 놓으신다. 그의 시 대부분이 삶의 풍경을 두리번거리다가 만난 시가 아니었을까? 시로 사는 사람, 시 때문에 사는 사람, 천생 시인의 삶을 산다.

나는 나 시인과 세 권의 책을 공저로 내놓았다. 『비단강을 건너다』, 『풀꽃 향기 한 줌』, 『공주 사람이 그리운 공주』이다. 그러다 보니 자연스럽게 이런저런 농담도 주고받는 사이가 되었는데, 한번은 선생님께서 이다음에 이 세상 떠나시면 묘비명에는 '이 세상 많고 많은 예쁜 여자가 반인데 다 못 만나고 떠나서 아쉬운 사람, 여기에 묻혔노라' 그렇게 써 드려야겠다고 했더니, 박장대소, 그 말이 맞는다고, 사실이 그럴 거라고 대답을 하셨다. 말의 시작은 선생님의 시에서 왔다. 언제나 지긋한 연세에도 마르지 않는 감성을 가지고 계시기 때문이다.

시를 쓰는 힘, 그것은 사랑, 아니면 그리움, 혹은 삶에 대한 열정, 그런 것들에서 시작한다. 나이가 들면 그 샘도 말라야 하는데 여전히 감성은 촉촉하고 말랑말랑하고 늘 누군가를 그리워하며 샘솟듯이 산다. 시인의 눈은 순수하여 모든 것을 사랑으로 바라보기 때문이다. 그의 몸 중 눈이 제일 늦게 철이 들었던 모양이다. 여자였다가, 할머니였다가 풀꽃으로, 그 모든 대상들을 그리움으로 바라본다. 시인은 그렇게 그리움을 풀면서 사는 것 같다.

지금은 8년간의 공주문화원장 직분을 내려놓고 '나태주 풀꽃 문학관'에서 주로 사신다. 그리고 전국을 다니며 시로 특강을 하는 일에 많은 시간을 할애하신다. 그러나 아이들이 청하는 자리는 마다하지 않고 떠나신다. 세상의 아이들이 풀꽃이란다.

이제는 그만 힘들게 다니는 일 그만두고 건강을 위해 쉬시라고 주위에서 간청을 한다. 그러나 말릴 수도 없는 일은 그의 詩샘이 세상 어딘가에 있다고 믿으며 두리번거리며 사는 일과 그 샘물 길어다가 시처럼 순수하게 살고 싶어 하는 아이들에게 주고 싶어서 그런다는 걸 알기 때문이다. 그마저 말리면 세상을 그리워만 하다가 그만 병들지도 몰라 말릴 수도 없다. 그런 사람, 천생 시인이다.

태생이 시인으로
「풀꽃」은 '참 우연이다'
말하지만 내 보기엔 그냥 딱,

전생이 풀꽃이다. 이 세상에

꽃씨 한 줌 들고 와
지천에 흐드러지게 피워대는
풀꽃

사람 사이
풀꽃 피는 일만큼이나
사소하게 다가가서
풀꽃 지는 일만큼이나
무심하게 떠나오는 사람에게
'자세히 보고, 오래 보다 보면'
홀딱 빠지는 거라고 말하는

천생 시인이다
그의 곁에 서면 시가 꽃이 되듯
사람이 꽃이 된다

누구나 피고 진다

- 김혜식, 「풀꽃시인, 나 태주」

하얀 코끼리의 남자

2010년쯤이던가, 공주문화원에서 개인전을 통해 처음 권오석의 그림을 만났다. 그림에서 묘한 매력과 친근함을 느끼고 사람보다 그림의 안부가 궁금했었다. 이후 언젠가 공주지원의 1층 로비 복도에 마련된 '한적 LAW 갤러리'에서 그의 그림을 '한적 갤러리'라는 이름답게 오래 즐기며 그의 작품과 친해지는 기회가 있었다.

정말이지 그의 그림은 모두 한적했다. 갤러리 이름 하나로 그림이 더 편안해졌다. 사실 공주는 문화시설이나 즐길 거리가 없는 것 같아도 구석구석 관심 갖고 찾아 보면 즐길 거리가 나온다. 시청 안 로비 갤러리도 그렇고, 웅진박물관 로비, 박물관 안 전시장도 그렇다. 대부분 지역 작가들의 작품을 걸지만 가끔은 수준 높은 작품을 만날 수 있어 정보가 닿는 대로 횡재를 즐긴다. 게다가 최근에는 문화원뿐만 아니라 고마나 이미정 갤러리, 소방서 자리의 레지던스 창작 연구소 같은 제법 구색을 갖춘 전문 갤러리들이 생겨나고 있어 공주가 이름으로 명맥을 유지하던 예술도시는 아니라는 걸 증명한다.

나는 사실상 이 화가와 개인적인 친분은 없다. 그냥 그림이 좋아서 그림을 좋아할 뿐이다. 공주에서 자라나, 공주에서 공부를 하고, 잠시 대전에서 대학을 다니며 그림 공부를 마치고, 다시 모교로 돌아와 미술교사로 그림을 그린다는 화가 권오석. 주로 공주 지역에서 조용히 활동하면서, 공주를 소재로 그림을 그리는 권오석 화가의 그림에서 성품이 공주와 어울린다는 생각을 해 본다. 그림 속은 여전히 평화롭다. 그중 마음에 드는 그림이 〈버드나무가 있는 풍경〉이다. 버드나무 아래 다섯 아이가 있다. 둘은 벤치에 앉아서 다정하게 무언가 얘기를 나누고 있다.

수묵담채의 그림은 나를 여유로운 공주로 데려갔다. 그림 속에서 두 아이는 오른쪽으로 지나가고 있다. 또 한 아이는 벤치에 앉아 있는 앞을 무심히 지나쳐 간다. 그렇게 지나가는 아이들은 모두 평범한 풍경을 만들었다. 그림 대부분이 공주 어디쯤인 것을 보면 버드나무 아래는 제민천길 어디쯤인 것 같다. 그리고 나처럼 화가의 그림을 좋아하는 나태주 선생님은 그림 한 점을 사서 자신의 방에 걸었는데, 가끔 들르는 원장실에서 그림 속 풍경을 탐냈었다.

그가 그린 대부분의 그림을 보면 어렸을 적 추억이 풍경으로 재현되고 있는 듯했다. 〈같이 가요〉, 〈낚시 가요〉, 〈창벽의 풍경〉, 〈동네 한 바퀴〉 등 참 편안하고, 평화스럽다.

그림과 사진은 그런 면에서 참으로 다르게 표현된다. 사진은 시간이 흘러도 자라나지 않은 나무라고 친다면, 그의 그림은 무성하게 자라나 어느새 추억의 숲을 이룬다. 이미 헤어졌을지도 모를 친구와 나란히 벤치에 앉아 재회를 할 수 있다.

어쩌면 학교 시절 개구쟁이 권오석 화가가 누군가와 다투었던 추억을 가졌다면, 그림을 통해 이미 수십 번은 화해를 했을 것이다. 사진과 달리 그림이 좋은 것은 그런 것이 아닐까? 그렇다면 '나도 사진을 하지 말고, 그림을 그릴걸 그랬나?' 권오석 화가의 그림 그림을 보면 그런 생각이 든다.

그의 그림 중 인상 깊게 기억되는 또 하나의 작품은 커피숍 입구에 걸렸던 코끼리가 있는 풍경이다. 지금까지 그의 그림에서 보지 못했던 퍽 이국적인 코끼리가 옆으로 누운 서커스 풍경은 동화적이었다. 한 점의 그림으로 다른 세계로 빠질 수 있는 그림이 참 좋다. 그림은 그래서 좋은 것이 아닐까? 어쨌거나 화가가 하얀 코끼리를 닮은 것 같다. 자화상이 아니었을까?

봉숭아꽃을 그린 남자

나태주 시인이 언젠가 나를 대상으로 시를 한 수 지어 주셨는데, 시에다가 「붉고도 어여쁜 봉숭아」라는 제목을 달아 주셨다. 시인은 봉숭아꽃을 너무 좋아해서 이 꽃에 대한 시를 많이 지었는데, 내가 선생님에게 봉숭아꽃이 된 적 있는 것이다. 이후로 내게 봉숭아는 특별한 꽃이 되었다.

나 시인의 봉숭아 꽃 시에서는 주로 외할머니, 어머니, 딸아이, 누이 등 가족 같은 느낌의 편한 사람이 꽃으로 묘사되는데, 그런 것으로 봐서 나도 그런 편한 누이쯤으로 여기셨던 것 같다.

그랬는데 언젠가 문학관에서 유화 그림 속 봉숭아꽃을 만났다. 화가 김배히 선생님의 봉숭아꽃을 사다 거셨던 것이다. 결코 싼 봉숭아꽃은 아니었을텐데, 그러나 봉숭아꽃이라면 탐낼 만했다. 나태주 시인이라면 그럴 만했다.

담장 아래 허름하게 피었을 봉숭아, 제법 호사를 누리는 시인의 집으로 시집을 왔구나, 붉고도 어여쁜 봉숭아. 반가웠다. 그리고 나는 가끔 문학관엘 올라간다. 봉숭아꽃을 보러.

내가 봉숭아꽃이 좋아진 이유가 이런 이유라면 이분들에게 봉숭아는 무엇이었을까? 화가는 봉숭아꽃을 그리면서는 무슨 생각을 했을까? 꽃을 생각했을까, 고향집 화단을 생각했을까? 나태주 선생님에게로 간 봉숭아꽃은 어디서 온 꽃일까? 어렸을 적 살던 보령집에서 왔을까? 나이가 들면서 꽃 그림을 많이 그리시는 김배히 선생님에게 봉숭아꽃은 뒤늦게 어떤 의미였을까?

꽃들을 참견하자니 사람이 궁금해졌다. 가끔씩 공식 석상에서 화가 선생님을 만나곤 하지만 워낙 말수가 적어서 화가의 속내를 알 수가 없다. 묻기 전엔 말을 늘어놓지 않는다. 그렇다면 이분도 그저 그림으로만 얘기하며 사는 사람이 아닐까? 언젠가 그를 촬영할 일이 생겨서 반포면 공암리에 마련한 그의 집을 방문한 적이 있었다. 화실 겸 지은 집은 마당이 넓었다. 주변에 꽃이 많았다. 아마도 화가의 추억 속의 꽃이 아닐까? 꽃을 그리고 있었다.

이전에 보았던 그림들은 주로 초록빛의 풍경이 많았던 것 같다. 과감한 색, 과감한 필치, 과감한 생략, 화가처럼이나 말수 없는 풍경이 인상적이었다. 커다란 손과 커다란 체구에서 표현되는 모든 풍경은 미사여구가 필요 없어 보인다. 그래도 모든 것이 통하는 공감, 수만 수백만 잎사귀를 가진 나무를 한 덩어리로 그려 놓았대도 거기 나뭇잎 사이로 지나가는 바람을 느낄 수 있다. 때문에 그 굵은 필치로 과감하게 봉숭아를 그리지 않았을까? 그가 그리는 많은 꽃들의 하늘하늘한 나비 날개 같은 꽃잎들, 그 굵직한 손에서 꽃으로 표현되는 일은 참 신기한 일이었다. 사람을 느끼고 나니 그제야 꽃이 보인다. 나도 그가 그리던 봉숭아꽃 아래서 나무의자 하나 놓고 더위를 식힐 수 있겠다.

봉숭아여, 분꽃이여,
외할머니 설거지물 받아먹고
내 키보다 더 크게 자라던
풀꽃들이여

여름날 꽃밭 속에
나무 의자를 가져다 놓고

더위를 식히기도 했나니,

나도 한 꽃나무였나니…

– 나태주, 「봉숭아여」

나의 오랜 스승

한 사람을 사람답게 키워 내려면 헤아릴 수 없는 스승의 손을 거쳐야 한다. 나의 경우, 사진에 있어서도 여러 명의 스승을 만나면서 지금의 내가 있었다고 생각한다. 선생님들은 나를 가르치거나 이끌면서 큰 스승으로서의 길잡이가 되어 주셨다.

내가 있기까지 선생님들의 이름을 열거하자면 공주의 다큐 사진가 신용희 선생님을 비롯하여 유공열 선생님, 대전의 흑백 사진 대부이신 조임환 선생님, 서울의 중앙대학교 사진과의 한정식 교수님과 사진 평론가 진동선 선생님 등이 계시다.

사진판의 무게로 본다면 신용희 선생님과 유공열 선생님 같은 경우는 공주라는 작은 지역에서 활동하는 유명하지 않은 선생님일 수 있다. 그러나 내게는 두 분 다 내가 사진계에 발을 디디는 계기를 만들어 주신 큰 스승이라고 할 수 있다. 그래서 사진을 하게 됨에 있어서 누구에게 제일 감사하냐고 묻는다면 나를 큰물에 담가 주신 선생들보다 발을 디디게끔 손을 잡아 주신 분들이라고 서슴없이 얘기한다. 물꼬를 터 주신 분들인데 어찌 감사하지 않을 수 있을까 싶다.

다큐 사진을 하던 신용희 선생님은 내가 만나기 이전부터 유형 자산의 공주를 기록하거나 무형 유산을 지켜 나가는 사람들을 인터뷰하여 작업 과정을 체계적으로 정리하는 데 큰 역할을 하며, 그쪽으로 아주 많은 재미를 가지고 있었다. 시간이 흐를수록 재미를 넘어 사명감으로 발전하여 지금은 사진 아카이브를 구축하는 데 많은 역할을 하고 있다.

우리 둘은 틈이 날 때마다 들로 산으로, 인근 마을까지 원정을 다니며 사진을 찍었다. 그런 면으로 볼 때 그때까지 둘은 호흡이 잘 맞는 응원자였다. 그러나 사진의 깊이가 생길 무렵, 시각이 달라지면서 서로의 사진 방향도 달라졌다. 신용희 선생님은 기록 중심적 사진이었다면 나는 나의 이야기를 사진적으로 해석하는 데 재미를 들이기 시작했다. 대상이 달라지니 함께 촬영을 나가는 일이 줄었다.

그때쯤 내게 인화를 가르쳐 줄 사람이 우연히 나타났다. 그 선생님이 유공열 선생님이시다. 흑백 인화 작업이 개인적인 영역으로 치우치고 작업으로서 미미했던 시절, 공주에서 흑백 현상 작업과 인화를 가르쳐 주셨다. 나는 10대 때 품었던 환상을 꿈으로 실현시킬 수 있게 되었다. 미친 듯이 흑백 사진 인화 작업에 몰입하기 시작했다.

그러다가 첫 전시회를 하도록 이끌어 주셨던 흑백 사진계의 대부 조임환 선생님의 부름을 받은 것은 사진계의 큰물로 나갈 수 있는 행운이었다. 조임환 선생님은 자가 인화를 하여 전시하도록 많은 도움을 주셨다. 그리고 중앙대학교 한정식 교수님, 사진 평론가 진동선 선생님을 이어서 만나게 되었고, 그분들이 내가 사진을 이론적으로 확장시키는 데 큰 스승이 되어 주셨다.

사실상 사진에 대한 인연과 배움의 계보를 올라가자면, 미술을 전공하던 나는 대학에서 이완교 교수님에게 사진 과목을 신청해 두 학기를 배운 적이 있다. 더 올라가자면, 중학교 때 특활활동으로 사진반을 택해서 2년쯤 사진 담당 선생님에게서 기초 이론과 사진에 대한 환상을 키웠던 것이 계기가 되었다. 흑백 필름으로 찍어서 현상을 하면 필름이 감광현상을 일으키는데 그때 그것은 흡사 마술이었다. 게다가 인화지에 시험하는 날이면 2층 올라가는 계단 아래 만든 옹색한 암실은 마치 마법 창고 같았다.

처음 들어간 암실에서의 순간적인 암전, 그곳에서 인화지 위에 감광되어 살아나는 피사체의 신기함, 인화된 사진 한 장을 손에 들고 암실을 나올 때의 환희에 가까운 눈부심은 죽어도 잊지 못한다. 그 모든 것은 순전히 아버지가 우연히 가져다주신 올림푸스 사진기 덕이었다. 그러다가 대학교 때 기자재 관리 근로 장학생이 되면서 두 학기쯤 물 만난 듯 암실을 들락거렸다. 그러나 그때는 이론 이외에는 실기를 가르쳐 줄 사람이 없었다. 그냥 재미 삼아 혼자 인화지에 사진이 박힌다는 신기함을 즐겼을 뿐이다.

그렇게 훌쩍 20년 정도의 시간이 흐른 뒤 뒤늦게 사진이 무엇인지, 왜 해야 하는지에 대해 고민하기 시작한 것은 신용희 선생님을 만나고부터였던 것 같다. 새롭게 사진을 하는 계기를 만들어 주었으니 내게는 대단한 스승이라고 할 수 있다. 그래서 공주의 사진판을 떠나지 않고 여전히 공주를 소재로 내 시각대로 표현하고 찍으며 지키고 살 수 있게끔 의식을 심어 준 첫 계기의 신용희 선생님이 감사하다.

블루 앤 재즈(blue & jazz)

　사람들은, 특히 예술가들은 나름대로의 풍(風)을 갖게 마련이다. 그 사람에게서 풍겨 나오는 분위기나 그 사람만이 반복하여 표현해 내는 독특한 색(色)으로 인해 화풍(畵風)을 갖게 된다. 그렇게 진한 풍(風)을 갖게 되면 그때서야 진정한 작가라고 부르게 된다.

　그런 논리로 진정한 그 사람만의 독특한 색을 분명하게 지닌 유병호 화가를 전시실에서 만났다. 전시 제목은 '블루 앤 재즈'인데 소문자로 'blue & jazz'라고 표기함이 눈길을 잡는다. 유병호의 이니셜도 'y b h' 소문자로 적혀 있다. 20회의 개인전과 수십 회의 회원전, 그리고 대전 국제 미술교류회장이란 직함을 비롯해 여러 개의 직함과 달리 소문자가 겸손해 보인다. 내공이 강한 사람일수록 나를 내려놓는 것에 자연스럽다더니, 10년 전쯤인가 대전 타임월드백화점 전시실에서 '공주 이야기'라는 제목으로 사진전을 할 때 내 사진을 보러 일부러 찾아 준 적이 있다. 대부분의 화가들은 사진에 대해서는 낮은 편견을 갖는 데 비해 사진을 보러 일부러 와 준 사람이다. 이 화가와는 그렇게 얼핏 스친 인연이 전부였다.

　오랜만에 다시 만난 전시장, 찬찬하게 설명을 들으며 그림을 보자니 문득 사람의 인연도 그림과 같다는 생각이 든다. 해석하기 힘든 그림 속의 추상이 보이기 시작한다. 아니, 그 사람의 지나간 인연의 시간도 보인다. 그렇게 그의 지나간 흔적이 콜라주의 형태로 그림 속에 서로 덧대어져 있었다. 손때 묻은

잡지 조각을 이용해 콜라주 방식으로 덧대고 그 위에 다시 색을 입히며 그의 인생을 꾸미고 있었다. 아무렴, 예술이란 결국 자신을 드러내는 일이 아니던가. 재미있다.

그림에는 제목으로 설명했듯이 블루(blue) 색감이 많이 보였다. 블루에 대한 이미지를 물으니 〈청연〉이란 영화를 보았는가고 되묻는다. 우리나라 최초의 여류 비행사 박경원의 이야기를 그린 영화로 나도 인상 깊게 본 영화다. 한 소녀가 창공을 향해 자신의 미래를 바라보는 청순한 이미지, 그렇게 〈청연〉이란 영화가 주는 이미지 하나로 블루 코드에 대한 공감대를 이끌었다고 한다. 〈청연〉의 이미지로는 블루가 어울린다. 그러나 블루는 그림을 아주 세련되게도 하지만 잘못 사용하면 촌스럽게도 한다. 더군다나 딥블루(deep blue)가 아니라 라이트 블루(light blue)를 잘 사용한다는 것은 쉬운 일은 아니다.

'jazz'는 무엇을 뜻하느냐고도 물었다. 음악에서 재즈는 음악적 형식을 탈피하고 자신만의 자유로운 감정의 강약을 갖는 것, 잔잔한 감정이나 격정이 재즈 속에 있다는 것이다. 화가 자신은 그림으로 재즈를 표현한 것이다.

그 재즈는 그를 38살 나이에 일본으로 날아가게 했다고 한다. 부양해야 할 가족이 있음에도 불구하고 판화를 배우고 싶었단다. 대학에서 또 대학원에서 서양화를 전공한 사람이, 작품을 값으로 매긴다면 반값밖에 안 쳐 주는 판화에 매력을 갖게 되었다는 것이 신기했다.

일본에서 공부했기 때문인지 사람들은 그의 그림에서 일본풍이 느껴진다고 말한다. 반면에 일본 친구들은 그의 그림을 한국적이라고 말하기도 한단다. 그의 그림 속 어디에든 빨간 물감을 툭 찍어 놓았는데 그것이 그렇게 느끼게 한 것 같다. "여인의 댕기에서 보았던 이미지가 늘 따라다니더라."란 화가의 말을 들으니 그림이 이해가 되었다.

일본에서 돈을 아끼기 위해 가끔 골판지에 그림을 그리곤 했단다. 그것을 본 옆집 아주머니가 골판지 박스를 모아다 주더라며, 숱하게 밟혀 긁힌 아크릴을 모아다 실크 스크린으로 찍어 작품으로 만들기도 했단다. 이것은 의도하지 않은 우연적인 사건을 작품으로 탄생시키는 작업이었다고 말한다. 그때부터였는지, 우연적인 요소에 대한 매력을 갖게 되지 않았나 싶다. 우연적인 사건이나 행위가 작품으로 재탄생이 되고 나면 그것은 우리에게 필연적인 사건으로 다가오는 게 아닌가 하는 의미심장한 메시지를 던진다. 김춘수의 「꽃」처럼 말이다.

모든 것은 내게로 오면 '꽃'이 된다. 이 화가는 꽃을 말하고 있었다. 모든 의미는 결국 나의 해석이다. '추상화를 어떻게 보아야 하는가' 하는 말에 '새가 무슨 노래를 부르는 것이냐고 물으면 대답할 수 없다'는 말처럼, 듣는 사람마다 새소리는 노래가 되기도 하고 울음이 되기도 한다.

그렇다, 그림을 해석하고 구체적인 것을 보려고 할 필요는 없다. 작가는 던지고 나는 나의 의미로 그냥 보면 되는 것이다. 노래로 들리는 그의 새소리를 듣고 온 날 같은 그의 그림 읽기, 참 기분 좋은 날이다.

공주의 사진어른

　지난해였던가? 옥룡동 대웅아파트에 사시는 지인준 어르신으로부터 "사진 관계로 만나고 싶다"는 연락을 받았다. 2010 세계대백제전에서 '옛 사진 공모전' 기획을 맡았을 때 대상을 차지한 〈금강포구〉 사진으로 인연이 되신 분이다. 그때 옛 사진을 많이 소장하고 계신다고 하여 대여섯 차례나 찾아가 조르고 졸라 사진 몇 장 얻어 전시를 했었다.

　왜 그랬는지 모르지만 한때 나는 '옛 사진'이라는 말만 들어도 꽤나 열의를 가진 적이 있었다. 지역에서 사진을 하는 사람으로서 지역의 사진을 정리해 주어야 할 것 같은 사명감을 가졌다고나 할까? 내가 찍는 것도 중요하지만, 공주의 자료가 될 만한 사진을 모아 사진 아카이브를 만들어 주는 것도 역할이다 싶어졌다. 하여 여기저기 수소문하니 공주의 옛 사진을 많이 소장하고 있다는 이성조 어르신(홍도라 불리던)이 있다 하여 서울로 찾아가기도 하고, 예전에 공주에서 선교사를 하셨다는 분의 사모님이 소장하고 있다는 말에 국제전화까지 하면서 무슨 특명을 받은 사람처럼 1년 정도를 옛 사진 수집에 매달렸다. 결론은 구하지 못했지만 말이다. 그때 내 열의에 용기를 주었던 분이 지인준 어르신이셨다.

　요즘은 사진을 모두 디지털로 찍어 파일로 보관하지만, 옛날에는 인화물인 종이 사진을 앨범을 만들어 보관했다. 그러나 우리나라 정서상 집안의 어른이 돌아가시면 어른과 관계됐던 것들을 모두 태워 없애 버리는 관습 때문에 아무리 귀한 자료라도 보관되는 일이 드물어졌다. 그리하여 혹시라도 공주의 역사를 알 수 있는 귀중한 자료들이 다 없어지기 전에 찾아낼 필요가 있다고 생각되었다.

뜻이 있는 곳에 길이 있었는지 공주시로부터 그런 공모 사업을 할 기회를 얻었다. 그리고 2010년 결국 '공주, 옛날이야기'라는 사진전과 책이 만들어졌다. 지인준 선생님은 그런 이유로 인연이 된 어르신이다.

그때만 해도 선생님께서는 "내 사진이 무슨 자료가 된다고, 그 시절에는 그저 사진이 좋아서 찍었을 뿐이고, 현상하고 인화하는 것이 재미있어서 했을 뿐이었는걸."이라는 말씀으로 사진 내놓기를 많이 망설이셨다.

그랬던 분이 2~3년쯤 흐른 뒤 무슨 이유에선지 만나자더니 가슴 아픈 속마음을 털어놓으셨다. "내 나이가 이제 90이 넘었는데, 나 떠나면 이 많은 사진 어째야 하나 해서, 사진 하는 사람이니까 내 얘기를 이해할 것 같아서……." 말끝을 흐리는데 마음이 짠해 왔다.

"그러게요. 어쩐대요? 그러나 제가 힘 닿는 데까지 노력해서 어느 기관이든지 줄을 대서 귀한 작품 남기는 방향을 찾아볼게요." 그랬는데, 주선 끝에 공주학연구원을 통해 나와 함께하는 '사진작가 지인준 초청 사진 토크쇼'를 열기도 하고, 대전 KBS 〈아침마당〉에 출연하기도 하였다. 그런 과정을 거쳐 드디어 올해 공주학연구원에서 공주의 개인의 메모리 팩토리 사업과 연관을 맺을 수가 있게 되었다. 개인사나 가족사를 통해 공주의 평범한 가정이 모델로서 조명된 것이다.

지인준 어르신의 사진에는 사진작가의 결혼식 모습, 어릴 적 자녀들, 사소한 명함과 신문, 친인척 혼례와 공주에서 열렸던 각종 축제와 행사, 그리고 공주의 공산성, 학교 등의 옛 모습이 고스란히 담겨 있었다. 그런 어르신의 사진은 개인의 역사이기도 하지만, 공주의 지나온 역사를 자세히 들여다 볼 수 있는 귀한 자료로서 개인의 기억을 넘어 집단의 기억을 기록한 것들로 사진을 통해 공주를 들여다보는 사진들이었다.

그때 그 시절은 일제 강점기를 겪고, 6·25전쟁을 겪으며, 누구나 그랬듯이 인생이 한 편의 다큐드라마였다. 따라서 사진도 귀한 다큐 자료로서의 가치가 많았다. 그 질곡의 세월을 사진으로 남겼다니, 사진으로 보는 인생의 드라마라고 할 밖에.

사실상 우리나라에서 제일 오래된 사진은 1800년대 말에 찍은 사진이 고작으로 공주 사진 역시 대략 1900년대 초에 찍힌 몇 장의 사진이 전부이다. 그때는 다 그랬다. 우리나라뿐이 아니라 사진 역사 자체가 짧다. 1827년 프랑스의 조세프 니엡스에 의해 사진이 발명되었으며 코닥에 의해 세계로 퍼져 나간 것을 생각하면, 세계를 통틀어도 우리가 살아왔던 모습을 사진으로 알 수 있는 것은 고작 200년 안쪽에 불과하니까.

다행히 공주는 선교사들이 일찍 들어온 덕분에 옛 사진이 어느 정도는 남아 있는 편이었고, 선생님처럼 일찍 깨인 분들에 의해 사진이 앨범으로 남겨졌다. 소장하고 계신 사진 중에는 영명학교에 계셨던 윌리암 선교사 부부 사진 등 귀한 사진들이 참 많다. 그런 사진들이 결국은 『사진, 참 반갑다』라는 책으로 출간되고 사진으로 본 공주의 역사는 기록되었다.

이런 과정들은 내가 사진을 하면서 참 잘한 일 중에 하나이다. 또한 지인준 어르신이 18살에 우연히 야시카 사진기를 손에 얻어 공주 사진을 찍기 시작했던, 단지 사진을 미치게 좋아하던 평범한 학생이었을 뿐인데, 약품이 없어 화학 재료를 사다가 제조해서 현상을 할 만큼 그때는 미치지 않고는 할 수 없는 작업 과정들을 즐긴 것뿐인데, 이제는 역사로 남을 수 있게 되었다. 그런 측면

이라면 그분은 공주에서 사진을 체계적으로 기록하고 남긴 제일 오래된 분이
시다. 그리하여 나는 그분을 기꺼이 '공주의 진정한 사진가 1세'라고 부른다.

황새와 놀던 화가의 변신

북카페 '바흐'에서 사대부고 쪽으로 몇 걸음 올라가다 보면 이미정 갤러리가 보인다. 이미정 화가가 개나리미술학원을 하던 2층을 리모델링해서 갤러리로 만든 것이다. 순진해 보이기만 하던 미정 선생님이 배짱 좋게 미술 전문 갤러리의 관장으로 갈아탄 것이다.

열 수도 있지, 갤러리 하나 여는 데 배짱이 좋다고까지 얘기할 게 뭐 있냐고 하겠지만, 공주에서 시내권에 사설 갤러리를 연다 함은 모험에 가까운 일이다. 마니아를 위한 편안한 갤러리 하나쯤 혹은 두 개쯤 있어도 좋다고 생각하는 사람은 있어도 선뜻 낼 수 없는 것이 또 현실이기도 하다. 좋은 전시장이 생겼으니 알아서 전시하겠다고 찾아오기엔 아직은 이른 공주의 미술관의 현실을 알고 있기 때문이다. 섭외와 유치의 고충도 있으리라. 나도 이전부터 사진 갤러리 하나 여는 꿈을 갖고 있었다. 임동식 화백은 연다면 시설이나 방법에 대해 도와주겠노라고 약조와 응원을 해 주시기까지 했지만 웬만큼 용기를 갖기 전에는 어려운 일이라는 것 또한 알고 있으니 겁나고 무서운 도전이었다. 그러나 이미정 선생, 아니 이제는 어엿한 이미정 관장은 용감했고 확신을 가지고 있다고 했다. 공주를 기반으로 조용히 작업하던 젊은 작가들을 모아 오프닝을 하더니, 당차게 운영하기 시작했다. 그리고 점차 공주의 예술관으로 깊숙이 발을 담그기 시작하며 또 하나의 트렌드를 만들어 가고 있는 게 아닌가. 나보다 젊어 그런 용기를 갖은 것일까? 아니면 공주도 이젠 바뀌어도 좋다고 선구자가 되려는 걸까.

그러고 보니까 내가 이미정 관장에 대해서는 세 번째 글을 쓰고 있다는 걸 깨닫는다. 그다지 친하거나 많이 아는 사이도 아닌데, 신기한 인연이다. 처음엔 《금강뉴스》에서 내가 만난 사람들에 대한 기획기사를 썼는데 그때 그녀는 개나리미술학원 원장이었다. 그녀가 꼭 개나리 같다는 생각을 했다. 어린 아이들과 어울려 미술을 가르치는 모습이 개나리 같다는 생각을 했던 것 같다. 그리고 몇 년 후 《공주문화》에 그녀의 전시 리뷰를 쓰면서 '황새와 놀던 이미정'이라고 표현했었다. 미술학원 원장이었던 때로부터 10년 정도의 시간이 흐르기도 했지만, 자신이 좋아하는 독특한 자기만의 색깔을 지닐 만큼 성숙해 있었다.

그만큼 그녀는 계속해서 그림을 그리고 대학원도 마치고 강의를 나가면서 자신을 발전시켰다. 오래 작업하는 작가들을 보면 작품에 작가의 내면을 드러내게 된다. 춤꾼은 춤사위로, 시인은 시로, 또 음악가는 음악으로, 작품에 몰입하며 혼자서 잘 견뎌 내어 작품으로 승화시키며 성숙해 나간다. 작가 이미정 역시 승화시키면서 그림 속으로 들어가 함께 순한 어린이가 되어 버린 듯 살아가고 있는 작가가 되어 있었다.

질곡을 통해 지나온 사람일수록 깊이가 깊어지게 마련이라 그녀의 그림에서는 작품을 통해 트라우마를 극복하는 법이 보였다. 작가의 초기 그림부터 관심을 갖고 보아 온 터일까. 다시 본 전시에서는 그녀의 그림이 성숙해졌음이 보였다. 이미정의 초기 작품에는 언제나 아이들이 그림 속으로 들어와 노는 모습이 보였는데, 이후 그림에서는 자주 그녀의 아버지도 그림 속을 다녀가셨다. 한때 아버지의 부재는 그녀에게 트라우마였던 것 같다. 그리하여 아버지를 그림 속으로 끌어들였을지도. 아름다운 재회를 보았다. 그러하던 그녀가 이제는 소소한 개인적인 이야기를 다 끝내고 빠져나와 남의 이야기까지 귀기울여 들어 주고 있다.

개관 1주년 초대전에 섞여 한 점 내건 작품 〈황새바위 풍경〉에서는 훨씬 인간적인 성숙미를 보였다. 누구나 알고 있듯이 황새바위가 주목받기 시작한 것은 그리 오래되지 않았다. 순교의 땅으로 성지인 황새바위, 그녀의 그림 속에 황새바위가 들어왔다. 모두 강건해졌음이 그녀의 작품 〈황새바위 풍경〉으로도 증명되었다. 순교의 땅은 이제 꽃밭이다. 순교자들은 황새와 놀면서 꽃 씨방을 터뜨리고 있었다. 꽃 사이에 밧줄이 보이고, 시구틀이 보인다. 그녀가 처음 썼을 법한 시구틀의 회색이 아프다. 그림을 보며 아프기는 처음이다. 그럼에도 아랑곳없이 순교자는 시구틀을 시소처럼 타면서 '핏빛 붉음' 옆에서 놀고 있었다.

작가는 작품 설명을 하면서 그때는 그랬지만 이제는 그 순교가 꽃을 피우고 있음을 표현했노라고 말한다. 그녀는 '그때'보다 자주 '이제는'을 말했다. 배시시 웃는 웃음으로 치명적 아픔을 이렇게 아름답게 그려 낼 수 있다니, 그것은 차라리 치명적인 아름다움이다. 아픔을 넘어 진정한 치유를 그림에서 본다. 웃음에 엮이고, 작품에 낚인다.

그녀의 그림 속의 사람들은 옷을 입지 않았다. 마치 원색(?) 에덴의 동산 같다. 얼굴 표정도 점 몇 개가 전부다. 그러나 그림 속의 순교자들은 모두 한결같이 간절한 표정으로 기도한다. 자세히 보라, 얼마나 희망적인 기도인지를. 그래서인지 그녀의 그림은 모두 밝고 환하다. 언제나 그림이 순하다.

그녀는 여전히 갤러리 안쪽에 작업실을 두고 틈틈이 그림을 그린다. 갤러리 관장을 하면서 그림에 몰두하여 사는 여인, 용감하게 "공주 미술판을 한번 바꿔 봐!" 하고 나도 못한 갤러리 오픈에 용기를 던진다.

계룡산 신사, 계룡산을 품었네

70대 노인임에도 불구하고 아직도 여자들이 좋아하거나 혹은 여자를 좋아할 것만 같은 호남형 신현국 화백, 늘 계룡산 자락을 바라보고 살아서 계룡산을 닮았는지 우선 계룡산만큼이나 잘생겼다. 어쩌면 계룡산을 많이 그려서 계룡산의 기운이 그에게 내려앉았는지도 모르겠다.

신 화백은 그렇게 계룡산 자락에 사신다. 청벽에서 갑사로 가는 길, 왕흥초등학교 폐교를 지나 조금 더 가면 예사롭지 않은 집을 만난다. 신현국 화백이 사는 곳이다. 넓은 마당을 지나 안쪽에 본채가 있는 예술가의 저택 같다. 대문 기둥부터가 예사롭지 않기 때문이다. 기둥에는 신 화백이 작품에서 보던 사인으로 쓰는 'M' 자가 간판처럼 붙어 있다. 흘려 쓴 글씨는 옆으로 삐뚜룸하게 보면 '국'으로 보이기도 하고 계룡산을 표현한 산세처럼 보이기도 한다. 그리고 여러 가지 포즈의 아름다운 여성들의 나신이 황토색으로 부조되어 있어 외관에서부터 얼른 봐도 예술가의 집으로 보인다.

옛날에는 꼬불꼬불 산길 따라 갔을 갑사 가는 길가, 계룡산이 좋아 무조건 살기로 작정하여 마련한 집터라는데, 부동산 보는 눈이 있어 왕년에 진작 알아보고 마련한 것 같지는 않고 그저 그곳이 좋아서, 좋아서 살기로 하다 보니 넓은 땅을 갖게 되었을, 운빨(?)이 좋은 복 받은 화가인 것 같다.

예전에 충남과학고 아래 사실 때 한 번 방문한 기억이 있다. 그때도 왜 산자락에 사시는지 눈이 오거나 비가 오면 얼마나 불편할까 생각했었다. 그때보다 지금은 그래도 평지로 옮겨 앉긴 한 것 같다. 마침 그 무렵부터 오래 뜻을 두고 살아서인지 어느 기업에서 선생님 그림을 땅 살 만큼 주고 사 주었단다.

젊어서 어떻게 지냈는지, 어떤 학교를 나왔는지, 늦게 선생님을 알았으니 이전의 선생님에 대해서는 아는 바 없으나, 계룡산 아래 살기를 원해 오래전부터 살 집을 준비하셨다는 걸로 봐서 나태주 선생님처럼 공주에 반해 공주에 살 준비를 한 사람임에 틀림없다. 고맙고 고맙다. 공주가 그저 좋아서 예술가들이 공주로 모이니 공주는 저절로 예향이 된다.

언젠가 방문한 작업실엔 모처럼 서울 다니러 갈 때 준비한 듯한, 겨우내 그려도 족할 물감이 쌓여 있었다. 그렇게 그 자락에 안겨 외부와 왕래도 없이 그림만 그리며 사시는 줄 알았다. 그러다가 작년쯤인가 '엄정자의 계룡산 춤판 실행 위원회'에서 다시 만났다.

20년째 해마다 10월 셋째 번 주말이면 계룡산 춤을 추는 엄정자라는 춤꾼이 있는데, 이제는 혼자 그저 춤이 좋아서, 계룡산이 좋아서 춤만 추는 게 아니라 지역의 예술가들이 함께 모여 춤판을 즐기기를 원해 왔다. 계룡산을 좋아하는 사람이 또 한 사람의 계룡산을 좋아하는 사람을 만나니 열 일 제쳐 놓고 그를 도와주고 싶어 하셨다. 자청하여 위원장을 맡기로 했다. 그리고 공주 지역의 그림 그리는 이 몇몇을 불러 함께하게 하였다. 이광복 화백이나 미술협회 지부장인 김두영 화가를 합류시키고, 상신리 도예촌 작가 몇을 합류시키기 위해 직접 찾아 다니셨다. 대전의 드로잉 작가들 몇몇이 함께하던 드로잉전이 판이 커지기 시작했다. 그리고 신나하셨다. 장르는 틀리지만 예술적 공감은 넓어졌다. 엄정자 춤꾼도 신이 났는지 춤사위에 힘이 생기고 계룡산을 좋아하는 사람들끼리 모여 춤 축제로 하면 어떨까 하며 신 화백님과 의기투합하는 모습이 보였다.

계룡산을 좋아한다면 그저 좋다는 사람, 계룡산이 내 것인 양 아끼고 즐기는 사람, 그가 그린 그림 속 계룡산은 단지 풍경이 아니다. 그였다가 너였다가 공주가 된다. 그는 공주를 그리는 화가, 신현국이다.

이 남자가 수상하면 공주가 수상하다

우공 이일권, 이 남자가 조용하면 수상하다. 무슨 일에 빠지기 시작하면 거기에 폭 빠져서 주위를 한참 잊고 산다. 그리고 얼마 있다가 연락이 오곤 했다.

"누님! 전시한 지 벌써 삼 년이 되었어요. 또 전시를 해야겠어요. 날짜가 잡혔어요."

아니면 "누님, 벽조목을 1000개쯤 깎았는데, 도록에 실으려구요. …… 사진 좀 찍어 주셔요."

사고 치는 것도 쉽게, 잊지도 못하게 쉽게, 그의 가까운 주변 사람으로 언제나 내가 있기는 있는 모양이었다. 그렇게 정든 지 20년도 훌쩍 넘었지 싶다. 이제는 아우 같기도 하고 동지 같기도 하다. 이제는 공주에서 같이 늙어 간다. 같이 늙는다고 하면 자기가 밑진다고 투정할 게 분명하지만 제법 희끗하던 머리가 반백인 걸 어쩌겠나.

"누님, 내가 오십이 넘었잖우. 이제 맞먹을쳐." 내게도 맞먹자고 덤빈 적 있으니, 나도 아래로 맞먹자꾸나.

농담에서 농담으로, 장난에서 장난으로 만나면 진지한 적이 별로 없다. 그러나 그가 그동안 작업한 얘기를 나누다 보면 "쉬엄쉬엄 놀면서 해라, 몸 상할라." 소리가 저절로 나올 만큼 서로의 작업 얘기가 끝이 없다. 죽어도 지키기로 했다는 자기와의 약속 중에 '3년에 한 번씩 개인전 하기'는 기본에 불과하다. 기도하고 염불하듯. 벽조목 목걸이, 페넌트를 3~4년에 걸쳐 벼락 맞은 대추나무를 구해다가 새겨 깎아 그것도 전시를 하고 완판을 하였다. '영험한 기운을 가진 벼락 맞은 대추나무, 내 좋은 기운 보태서 나눠 주고 싶어서'이다.

'우공이 정한 공주 10경'도 돌에 새겼다. 윤여헌 선생님에게로, 나태주 선생님에게로, 또 내게로, 만나는 사람마다 모니터링하여 그 나름 공주 10경을 정했다. 그 정함은 인조 때 공주 목사였던 신유나 서거정의 공주 10경처럼 '우공의 공주 10경'으로 역사가 기억해 주리라 생각한다. 그들이 노래했던 10경처럼 시도 지었다. 어찌어찌 글도 쓰는가 했더니 불교 문예지로 등단도 했다나. 바쁘다 이 남자.

이어서 '공산성 10경'도 정하고 누각을 판각하고 찍어 내고 또 시를 쓰고, 서예가인지 시인인지 조각가인지 구분이 안 가지만 그는 나라가 인정한 대한민국 서예대전 초대작가이다. 게다가 몇 년간 꼬박, 공주서협을 거쳐 충남서협 지부장으로 자신이 속해 있는 단체의 일을 책임 있게 해내더니 더는 자리에 욕심 갖지 않고 훌훌 내려놓고 작가로 돌아왔다.

"누나, 사실은 내가 내 작품 하기도 바뻐유." "그래그래, 우리 작가로 충실하자." 몇몇 통하는 예술인끼리 만나면 넓이보다 깊이를 가져야 하는 응원을 서로에게 당부한다. 그리고 공모를 한다. "우리 언제 한번 근사하게 우리끼리 '공주 한판' 벌입시다."

언제가 될지 모르겠으나 우리는 만나기만 하면 응원을 나누고 함께 꿈을 품는 사이가 되었다.

공주의 젊은 예술가 한 사람

누님도 아니고 "누나!"라고 소리치며 살갑게 다가오면 막내 동생이라도 만난 양, "그동안 잘 지냈쩌?" 하면서 말을 놓아 가며 안아 주게 된다. 정작 친동생들은 나를 어려워해서 그렇게 친하게 누나라고 불러 준 적이 없다. "그동안 별고 없으셨어요?"라면서 무겁게 다가온다. 그러나 어렸을 적에는 친정 동생들에게 나도 그냥 편한 누나였다. 결혼하고 어느 순간 나이 먹은 누님이 되어 어른으로 대접을 받게 되었다. 호칭 하나에 거리가 저만큼 멀리 간다. 그랬는데, 이렇게 누나 하고 반갑게 외치면 나는 어릴 적 동생을 만난 듯, 반가워진다.

사람을 가까이하는 데 모두에게 친밀감을 갖게 하는 천부적인 재주가 있는 것인지, 아니면 유독 내가 편안한 것인지 잘은 모르겠다만, 나는 거리를 부수고 달려와 주는 사람에겐 안아 주는 데 서슴없다. 아마도 누구든 내게 그런 식으로 다가오면 나는 모두에게 간격을 부술지도 모른다.

그러나 내 삶에도 의도적으로 원칙이라는 것을 만들어서 일정한 거리를 두고 사람을 만나려 많은 노력을 한 적이 있다. 몇 번인가 너무 가까워서, 서로에게 가깝다는 이유로 너무 기대하게 되어 쪽박 깬 관계에 학을 뗀 일이 있기 때문에 늘 관계란 두렵게 생각했기 때문이다. 관계에 상처 받는 것만큼 괴로운 일은 없다. 그러나 이제는 내가 더 힘들다는 이유로 내가 그 관계에서 놓여나려고도 노력 중이다.

어떤 사람과의 인연이 거기까지인가 보다 싶어 확실하게 매듭짓고 내 마음에서 지워 낸 관계들도 나이가 들면서 어느 날, 내가 더 힘들다는 이유로 스스로 풀어 버릴 줄도 알게 되었다. 그럴 때는 나이만 들었지 나는 나를 어쩌지 못하는 아직 철부지라는 생각을 하게 된다.

그런 측면으로 보면 철없는 막내 동생 같아 보이는 김지광 선생은 앉아서 몇 마디 얘길 하다 보면 그 속에 나보다 더 큰 어른이 들어앉아 있다. 사려 깊고 관계들이 성숙되어 있다. 사람 사이 유지하고 푸는 법을 안다.

몇 년 전에 그가 예총 지부장에 나가 일을 해보겠다고 했을 때 나는 솔직히 말렸었다. 작가는 작가로서 여물 시간이 필요한 법, 아직은 어리고 그는 작가로서 더 여물도록 깊이를 갖는 것이 바람직하다고 믿었기 때문이다. 그러나 자신이 꼭 예술판을 움직이는 일을 해보고 싶다고 소신을 밝혔다. 그도 그럴 것이 예술가들은 자신들의 작업 세계에 빠져 살다 보니, 아집도 강하고 관계에 서툴다. 대개 따로 논다. 자신이 예술가라고 생각하는 사람들도 너무 많다. 무슨 동아리 하나에만 들어도 자신을 곧 예술가 반열에 올려놓는다. 그리고 목소리를 높인다. 그것이 이권이 개입된 곳이건 아니건 단체의 입장을 대변한다.

그는 공주가 문화 예술이 강한 곳이라고 하는 데 비해 모두 제각각인 것에 마음 아파했다. 문화원을 비롯하여 모든 단체들과 연대 체계로 묶여 씨줄도 되고 날줄도 되어 하나의 공주 예술이 되길 원한다고 했다. 서로 반목하지 않고 동아리들까지 함께하고 싶다고 했다.

어쨌거나, 4년간 그는 예총 지부장 일을 잘 수행했다. 가까이 있지 못해서 그가 원하는 대로 성공했는지는 알 수 없다. 다만 그가 외도하듯 맡은 예총 지부장 일을 하면서 그의 작가 정신에 흠이 갔으면 어쩌나 생각했다.

그러나 그가 두 번째 경선에서 밀리고 작업실을 반죽동 '언덕 위에 하얀집'

으로 옮기더니 작업에 빠져드는 걸 보면서 기우임을 깨달았다. 너무 열심히 작업에 몰두하는 것 같아 꽃 한 송이 들고 그의 작업실에 축하해 주러 가는 일도 하지 못했다.

그리고 얼마 후 전시한다는 기사를 보았다. 기특했다. 순전히 동생 같은 마음으로 안도하고 응원을 해 주고 싶었다. 작품에 공을 많이 들였다. 전시장에 들러 밥이라도 사 주고 싶어 연락을 했더니, 지금은 워밍업이고 이다음 큰 판에서 밥을 사 달라며 웃었다.

다시 얼마 후 그를 행사장에서 만났다. 행사를 마치고 커피 한잔하자고 불러 세웠다. 그랬는데 커피 한잔하면서 참 중요한 이야기를 했다. 자신이 연임의 예총 지부장에 안 된 일은 자신에겐 참 다행스러운 일이라고 했다. 젊은 나이에 단체장을 하고 보니 의욕이 많이 앞서기도 했지만, 또 했다면 단체장이란 자리가 자신의 깊이 있는 작업으로 가는 데에 장애가 되었을 수도 있었다는 얘기이다. 결국 자신이 가야 할 길은 작가라는 걸 알고 있었다. 그것이 소명임도 진작 알고 있었다는 얘기이다.

그래도 가끔씩 욕심을 부리고 싶기도 하다. 소신 있는, 또 정치력이 있는 리더로서의 예술가가 되어 '공주 예술인을 대변해 주었으면' 하고.

공주의 큰 어른, "나는 공주 사람"

공주에는 심우성이라는 큰 어른이 계시다. 선생님과의 인연은 '공주 이야기'
라는 타이틀의 나의 첫 사진전 때이다. 친히 오셔서 공산성 느티나무 사진에
빨간 딱지를 붙여 주신 것이 계기가 되었다. 응원의 빨간 딱지, 공주를 주제로
한 전시라서 응원해 주고 싶었단다. 그때만 해도 사진전이라면 사협 같은 단
체의 전국의 유명한 풍경 사진 일색이어서 내 사진전을 신통하게 보셨던 모양
이다. 그렇게 계기가 되어 민속극 박물관에서 벌이는 아시아1인극제를 보러
쫄쫄거리며 들락거리거나 가끔씩 바깥 저녁상에 앉아 맥주 한 잔을 곁들여 좋
은 말씀을 안주 대신 듣곤 했었다. 그리고 그때, 내게 제주도 우물이나 무덤을
한번 찍어 보는 것이 어떻겠냐고 말씀하셨다.

우물과 무덤이라, 그리고 제주도라, 참 먼 땅의 얘기였다. 그랬었는데, 어느
날 바람결에 선생님이 제주도에 계신다는 말을 듣게 되었다. 어쩌면 선생님의
마음속에 그때부터 이미 제주도가 자리 잡고 있었던 것인지 모르겠다. 제주도
를 좋아하셨다.

그리고 제주 4·3사건의 희생자를 위해 거기서도 기꺼이 넋전 춤을 춰 주셨
다. 제주도에서 벌어졌던 4·3만행은 〈지슬〉이라는 영화를 통해 많이 알려졌
는데, 나 또한 영화를 통해 알게 된 사건이었다. 이와 같이 역사의 뒤에 감춰졌
던 사건들이 어느 날 영화를 통해 알려진다는 것은 '이제야 말할 수 있다'처럼
가슴 아픈 상처를 들추는 일이지만, 반드시 알아야만 할 일이기도 하다. 선생

님은 주로 이런 상처와 이유 없이 당하고 떠난 사람들을 위해 말없이 우시면서 넋을 위해 춤을 추신다.

선생님이 공주를 떠나시기 전 해, 민속극 박물관에서의 〈결혼굿〉은 잊을 수가 없다. 〈결혼굿〉이라는 1인 무언극을 통해서 6·25전쟁 당시 죽은 남북의 처녀 총각을 결혼시키는 내용이었는데, 이산가족의 아픔과 남북통일의 기원을 담담히, 그러나 결국에는 눈물을 짓던 그 표정이 아직까지 생생하다. 그때 우울해 보이던 커다란 몸짓은 분단의 아픔을 고스란히 보듬어 안으며 휘청거렸었다. 선생님의 대부분 무언극은 6·25전쟁과 관련된 이데올로기를 다루며 극을 통해 상처를 건드리고 치유하는 것으로 끝맺음되었다. 그렇게 17회씩이나 하시던 아시아1인극제를 2007년에 홀연히 거창으로 옮겨 갔다. 그리고 2012년에 23회를 맞으며 아시아1인극제는 거창의 것이 되어 버렸다. 모든 인생이 그렇듯이 깨달았을 때는 이미 조금은 늦은 후란 것을 새삼 느낀다. 공주에서 시작했으니까 공주에서 계속 이어져도 좋았을 '아시아1인극제'. 선생님도 떠나고 아시아1인극제도 떠나고, 우리는 가끔씩 중요한 걸 잃어버리는 줄도 모르게 잃어버리고 나서야 깨닫는다. 어느 날 보면 내 것이었던 것이 슬며시 내 것이 아니게 되어 있다.

그래서 더 늦기 전에 선생님을 뵈어야 할 것 같아 핑곗거리를 만들어 몇몇이 어울려 제주도로 선생님을 뵈러 갔었다(지금은 제주도에서 서울로 거처를 옮기셨다). 아니, 핑곗거리라기보다 '이건 심우성 선생님 아니면 누구도 몰라' 하는 일에 부딪칠 때 그때서야 간절해져서 공주 사람들은 선생님을 찾곤 한다.

인물로 본다면야 공주의 인물이라기보다 우리나라의 인물이고, 어른으로 쳐도 우리나라의 어른이시라 선생님이 움직이기만 한다면야 전국 어디서나 쌍수 들어 환영하지만, 그래도 선생님은 공주 사람이 필요로 한다니까, 선생님께서 쌍수 들어 맞아 주셔서 감사할 따름이었다. 더구나 고향 공주의 일이라고 하면 무슨 일이건 도움을 주려고 조언을 아끼지 않으셨다.

일례로 공주의 소리꾼 이걸재 씨가 공주 아리랑을 채록하고 복원하기까지 뒤에서 꾸지람해 주시고 자료를 제공해 주시는 데 아낌이 없으셨던 분이 심우성 선생님이다. 결국엔 '이걸재의 공주 아리랑'이 탄생하기에 이르렀다. 그러니까 이걸재가 부르는 우리나라 12가지의 아리랑의 복원에 힘을 실어 준 실제 공로자인 것이다. 언제나 하나를 알려 주시기 전에 먼저 뿌리를 가르치고 정체성을 알게 하는, 공주 아리랑을 알려면 먼저 우리나라의 모든 아리랑을 알아야 한다며 아리랑 관련 자료를 한 보따리 찾아 내놓으셨다. 친히 일러 주시는 그 말씀들이 너무 소중해서 이제야 한마디라도 놓칠까 녹취까지 하기에 이르렀으니 진작 왜 그러지 못했을까 부끄러울 따름이다.

어디 아리랑뿐이랴. 언젠가는 서울의 만석중놀이보존회에 나타나서서 '평양의 만석중놀이와는 언제 교류를 할 거냐'고 호통을 치셨다는 얘기를 들었다. 만석중놀이란 개성 지방에서 연희되던 무언 인형극놀이로 1983년에 심우성 선생님이 복원하셨다. 아리랑뿐만 아니라 남사당패 연구, 탈 연구, 백제 기악탈의 미마지 복원 등 아시아1인극제를 통해 우리나라 대부분의 민속전통예술을 복원시킨 자랑스러운 분이시다. 백제 기악 탈은 선생님의 부친이신 심이석 선생님의 손을 빌려 일본 정창원의 미마지를 바탕으로 하여 15개를 복원하여 소장하고 계실 만큼, 특히 탈이나 인형극에 대해 애정이 많으시다. 이다음 역사에서나 가슴 치며 그 귀한 뜻의 소중함을 알려나?

지금은 서울에서 여전히 민속 이외에는 눈길도 주지 않고 외길로 연구와 집필에 몰두하고 계시는 천생 학자이시다. 단지 학자라고만 하기에는 송구한 일이다. 인물사전에는 '1934년 6월 28일, 충남 공주에서 태어난 민속학자이자 1인극 배우다'라고 소개가 된다. 그러나 민속학자나 배우라고만 하기엔 더 송구한 일이다. 뼈아픈 역사로 인한 우리의 상처 입은 영혼을 다독이고 치유해 주는 진정한 애국자라고 해도 지나치지 않다. 어디에 계시든지 마음 편하게 연구하시는 곳이 선생님이 계실 곳이기는 하지만, 공주에 계시지 않은 것은 아쉽다.

지금도 서울에서 가끔씩 공연을 하신다. 넋전 춤을 추시는데 최근에는 세월호 사건의 아이들 영혼을 달래는 무언극까지, 넋전 아리랑이란 이름으로 민족의 아픔을 무언극으로 추신다.

어쨌거나 어른이 안 계신 공주는 왠지 허전하고 쓸쓸하다. 진작 어른을 몰라 본 아쉬움에 가슴이 먹먹할 뿐이다. 빨리 우리 곁으로 돌아오셔서 우리가 소원하는 공주의 어른으로서 역할을 해 주실 꾸지람이 그립다. 그 어르신은 공주의 어르신이니까.

공주 명물이라 불리는 남자

꽃다운 나이, 17살 어린 나이에 골골하여 죽음에 맞닥뜨린 청년이 있었다. 그러나 신명(神命)으로 간신히 살아서 신명(身命)을 얻고 그 덕에 신명 나게 평생을 산, 살고 있는 사람이 공주 소리꾼 이걸재이다. 얘기를 듣다 보면 가끔씩 신기하다는 생각이 들 만큼 파란만장한 인생을 살았고, 그 와중에도 공직 생활을 하면서 기죽지 않고 하고 싶은 대로 다 하면서 살아온 사람이다.

그는 공주에서 인정해 주는 소리꾼이다. 아니 인정해 주거나 말거나 자기 방식대로 소리를 하고 촌(?)스러운 자신의 색을 만드는 사람이다. 아마도 이건 의당 사람 아버지의 끼와 피를 물려받은 영향인 듯하다.

해마다 그의 소리로 공연을 한다. 할 때마다 의당 사람들로 구성된 논두렁 밭두렁 사람들이 함께한다. 공주 사투리, 그것도 토박이 의당 사투리들이 구성지다.

아~아~ 아아아 아이아로홍~ 아라리가 났네~ 에
아~이~롱~ 고개~고개루 날만 넹겨 주오.

인생이 살무는 몇 백 년을 사나~ (으흥)
놀기도 하믄서 나마아미타불~ (응응응)

바람이 불라믄~ (으은) 봄바람이가~ 좋구유~ (응응응)

풍년이가 들라구 하믄 서방 풍년이나 들어라

다른 노래와 다르게 후렴부터 치고 들어가는 「공주 긴 아리랑」은 공연 시작부터 좀 징하다. '풍년이 들라구 하믄 서방 풍년이나 들어라'는 둥, 지금껏 들어 온 아리랑치고는 노랫말도 참 거시기하다. 이어서 부르는 「엮음 아리랑」, 「잦은 아리랑」 역시 질펀하게 이어진다. '나를 버리고 가시는 님은 십 리도 못 가서 발병이 난다'고 세련되게 앙탈을 부리던 정한(情恨)의 아리랑과는 무언가 사뭇 다르다.

그랬다, 이걸재의 공주 아리랑은. 살 만큼 산 촌부들의 주고 받아치는 직설적인 말본새부터 적당하게 촌스러웠다. 노래 끝을 받아치며 가슴에서 끌어 올리는 사내의 쉿소리, 아마도 이전 무대에서 불렀던 술 취한 아리랑까지 합치면 4종 세트로 딱 구색이 맞을 정도로 세련됨이라곤 찾아볼 수 없게 만드는 아리랑의 사람들, 이걸재 소리까지 더해지자 노래는 단박에 구성지게 되면서 한의 극치를 무대에서 쏟아 낸다.

그러나 보면 볼수록, 함께 아리랑을 흥얼거리다 보면 폭 빠지게 만드는 사람이 또 이걸재 씨이다. 이게 이 사람의 매력이고 아리랑의 흥이다. 그런 사람들이 끼리끼리 모여들어 공주 사람들의 보통의 정서라고 내놓은 무대, 그 힘은 어디서 오는 것일까? 삼삼오오 모여들어 함께 신명을 보탤 때마다 참 조홧속이다 싶다.

사실상 촌스럽다는 말은 듣는 이 입장에서 보면 은근히 기분 나쁜 말일 수도 있다. 그러나 나는 언젠가부터 이걸재의 촌스러운 아리랑의 소리를 듣고 촌스럽다는 단어에 그만 끊을 수 없는 정감을 느끼고 말았다. 확실히 그 아리랑은 중독성이 있다.

하긴 나보다도 더 촌스러움이 공주답다고 생각하시는 분이 있다. '이것이 공주 아리랑'이라고 찾아내고 채록하고 부르기 시작할 때부터, 진작부터 알아보시고 아리랑이란 말만 나와도 자료나 채록을 통째로 넘겨주시는 심우성 선생님이 계시다. 또 이걸재 소리라면 기꺼이 신이 나서 흥을 보태 주는 임동창 선생님을 만나면 그 아리랑 판은 한층 죽이 잘 맞는다. 이들의 흥은 장소를 가리지 않는다. 오히려 이들이 세련되어질까 걱정이다.

판만 벌이면 흥이건 한(恨)이건 함께 즐기고 이겨 낼 줄 아는 우리의 정서를 아는 사람들, 그리하여 "아리랑은 함께 불러서 아리랑, 함께 춤추며 불러서 아리랑, 어느 순간 어떤 예술인에 의해 완성하는 것이 아니라 모든 사람이 끝없이 함께 즐기며 함께 발전시켜 나가야 할 공주의 노래이자 민족의 노래라 하는 것"이라고 말한다. 하여 아리랑은 학자들이 만든 것이 아니라 이런 촌사람들의 소리로 이어지고 전승되어 유네스코 무형문화유산으로 지정되고 국가 주요 무형문화재로 선정되지 않았을까 싶다.

그들은 함께 미친 사람들끼리 공주 아리랑 연구회를 만들고 나름 전문성을 갖춰 나간다. 그리고 이 팀들이 뭉쳐 오래전부터 아리랑뿐이 아니라 의당 집터 다지기를 복원하여 충남 무형문화재로 올려놓는 데도 기여를 했다.

이걸재 씨는 미쳤다는 말이 아름답다는 말이란 걸 알게 해 준 사람이다. 나도 제대로 살아서 그처럼 미치고 싶고, 그처럼 신명 나게 살고 싶다.

계룡산이 춤으로 단풍 들다

"선생님 '계룡산의 춤'이 이번 주 맞지요?" 계룡산의 춤판의 날짜를 기억하고 전화를 건 것이 열여덟 번째였던 것 같다. 지난해는 20회였으니까 올해 공연은 21회째, 벌써 기대가 된다. 이제는 가을이 무르익어 갈 때쯤 10월 세 번째 토요일과 일요일이면 잊지 않고 동학사에서 벌어지는 엄정자의 춤판을 찾아간다.

처음엔 계룡산 동학사 입구의 일주문 근처에서 맨땅에 거적 하나 깔고 시작한 춤이 이제는 제법 작은 무대도 만들어져 제대로 된 공연을 펼칠 수 있는 면모를 갖추었다. 처음엔 국립공원사무소 측에서도 시들한 것 같아 보이더니 해마다 공연을 펼치니 이제는 전폭적인 지지를 해 준다. 이것은 엄정자 무리도 사무소 측도 계룡산과의 약속인 셈이다.

이제는 가을이 무르익어 갈 무렵 엄정자의 춤판이 없다면 계룡산에도 단풍이 들까 싶어진다. 20년째 '계룡산 춤'을 이끌고 나니 욕심에 사명감까지 이제는 계룡산 없이는 못 살 것 같아 보인다. 작년부터는 계룡산 하면 죽고 못 사는 신현국 화백님이 실행위원장을 자청하고 나섰다. 하여 드로잉 작가, 화가, 사진가, 도예가 등 춤과 지역예술가들의 작품이 함께하여 볼거리가 쏠쏠해졌다.

나는 어느 해인가부터 홀딱 반하고 만 일본 부토춤(그림자춤)의 다케이 공연이 있을 때면 달력에 크게 동그라미를 친다. 다케이와 번갈아 격년으로 안무에 댄서로 활동 중인 프랑스의 현대무용가 캐서린이 발레와 해외 민속무용

영상, 설치, 퍼포먼스를 결합한 퍼포먼스 아트를 선보여 요 재미도 볼만하다.

1984년 창단된 엄정자의 '춤무리' 공연단이 해마다 벌이는 춤판, 계룡산을 찾은 관광객은 산행을 하고 내려오다 춤에 발길 잡히고, 공주 사람들이나 인근의 대전 사람들은 계룡산 춤의 마니아가 되어 날짜를 기억하고 찾아온다.

공주에도 크고 작은 볼거리가 많아지는 건 공주를 살맛 나게 한다. 공주의 가을 중에 가장 큰 백제문화제가 끝나면, 문화제를 통한 손님맞이를 끝냈으니 들썩였던 마음을 가라앉히고 제대로 된 가을을 느끼러 다닌다. 둘러보면 볼거리 즐길 거리로 재미가 쏠쏠한 공주, 이번엔 드러내 놓고 공주 홍보를 해 볼까나? 가을이 다 가기 전에, 따듯한 오후면 더 좋겠다. 공주 외곽 연미산에서는 자연미술가협회가 벌이는 금강 자연 미술 비엔날레가 열리고, 또 임립미술관에서는 해마다 열리는 국제 미술제가 한창이다. 익어 가는 가을쯤, 공주의 쏠쏠한 예술의 맛을 추천한다. 대단하지 않지만 소박하고 알차서 '공주, 참 좋다' 하게 될 것이다.

흙 속에서 나온 여자

정석임, 내가 그녀를 처음 본 것은 20여 년 전, 계룡산 자락에 흙집으로 만든 작업실에서였다. 말수 없는 단발머리 앳된 처자로 기억되는데 이제 50줄이라며, 나이가 들수록 푼수가 되는 것 같다고 까르르 웃는다. 다시 한 번, 푼수 됨이 좋다고 까르르 웃는다.

또다시 자기가 나보다 언니인 줄 알았다며 연신 웃는 그 웃음, 오히려 천진해 보인다. 사랑스럽다. 우연한 모임에서 그녀를 얼핏 본 지 한 20년 만인가. 오랜만에 만나니 말 없던 그 앳된 처자는 간데없고 사랑스러운 여인 하나가 내 앞에서 종알거린다.

그것이 그녀와의 재회였다. 어떻게 지냈느냐고 묻지 않았다. 그 사이, 그 오랜 시간 동안 서로가 기억하던 그녀도 나도 가 버리고 없었다. 새로 만난 철이 덜 든 중년 둘이 앉아 떠든다. 여자 나이 50쯤 되면 산전수전 겪어 세상이 만만해지는가? 적당히 겁이 없어지게 마련인지, 갑사 입구에 '산임'이라는 이름으로 갤러리 하나를 떠억하니 짓고 나서 "그냥 언젠가 계룡산 아래 땅 하나 사 놓은 게 있었는데 짓고 싶어지대요? 까르르." 갤러리 하나 짓는 데 레고 블록 장난감으로 집 짓듯, 쉽게 말한다.

갤러리 하나, 내게는 평생 소원이었다. 그러나 무서운 게 갤러리이다. 뭐 먹고 살려고 갤러리를 욕심냈냐니까, "그래서 찻집도 해요." 그리고는 가끔씩 안부를 물으면 "오늘은 삼만 원어치나 팔았어요." 하거나 오늘은 "만 오천

요." 한다.

세상 사는 것에는 서툰 대책 없는 이 여인, 하루 종일 손님도 없는 갤러리에서 혼자서 흙을 주무르며 산다. 나는 그렇게 살면 밥을 굶을 줄 알았다. 그러나 그녀는 작가였던 것이다. 그녀는 밥걱정을 안 하는 것이 아니라 못하는 사람이지만 그녀가 빚어낸 많은 조각품들은 그녀에게 최소한 밥은 먹여 주는 것 같았다. 그녀가 주무른 흙덩이와 1200도를 거뜬히 견뎌 내고 나와 세상과 맞장을 뜨는 내공이 있는 작가였던 것이다.

그런저런 인연이었는지 공주문화원 초대전에서 그녀는 나를 빚은 〈김혜식의 밥〉이라는 작품을 전시하며 또 다른 인연을 맺었다. 밥 위에 꽃이 꽂혀 있다. 그리고 얼마 후에 그 작품은 우리 집 거실에 와 있다.

작가의 작품을 소장한다는 것은 그 사람을 곁에 두고 오래오래 그리워하게 하거나, 자주 함께하게 한다는 걸 알았다. 지금은 서로 바쁘다는 이유로 가끔씩 안부나 주고받지만 나는 그녀와 한 공간에 있다고 늘 생각한다. 그녀는 나를 빚었다고 했는데 결국 그녀를 빚었다는 걸 알겠다. 오만한 듯 고개를 쳐들고 밥 대신 꽃을 들고 서 있는 그녀, 밥걱정 대신 꽃 걱정하며 사는 그녀가 오늘따라 보고 싶다.

그녀는 공주시 계룡면 왕흥면 장악로 17길 '산임 숲 갤러리'의 대표이다. 그녀를 일컬어 흙에 생명을 불어넣는 흙 조각가라 한다. 흙에만 생명을 채우겠는가. 오히려 그녀는 흙을 통해 자신에게 생명을 불어넣으며 사는 진정한 작가다운 작가이다.

임립미술관을 세우다

계룡 가는 길, 기산리에서 '임립미술관' 표지판을 보고 안쪽으로 조금 들어가면 아담한 미술관 하나가 자리 잡고 있다. 멀리서 보면 아담해 보이지만 가까이 가면 결코 작지 않은 미술관이다. 계룡산 자락, 만여 평에 개인의 이름을 단 미술관을 지은 것이다. 충남에서 사설 미술관으로 1호쯤 될 것이다.

20여 년 전, 그러니까 1977년이었던가? 처음 임립미술관을 알게 되었을 당시에 미술관을 가면 사모님과 교수님은 하루 종일 풀을 뽑거나 돌멩이를 거둬내고 계셨다. 두 내외가 손끝으로 다듬은 미술관인 것이다. 그렇게 고생스러운 길이란 걸 알았을까 몰랐을까? 오로지 공주에 미술관 하나 없다는 것이 서운했고, '이다음에 퇴직하면 여기서 아이들에게 미술이나 가르치며 살아야겠다'고 생각하셨던 꿈이 엄청난 일을 저지르게 한 것이다. 그도 그럴 것이 초등학교 4학년 때 담임 선생님께서 "너는 이담에 커서 화가가 되겠구나."라고 한 칭찬 하나가 자신의 진로를 바꾸게 했고, 화가가 되는 꿈을 꾸며 살게 했다는 것이다. 자신도 공주에서 누군가에게 그런 꿈을 꿀 수 있는 기회를 만들어 주며 살아야 한다고 생각했다는 것이다. 그런 어린 화가를 키워 내는 산실을 갖고 싶었던 꿈이 계룡산 자락에서 풀을 뽑고 돌멩이를 골라내며 살아야 하는 팔자를 만든 것이다. 그리하여 20년째 해마다 거르지 않는 일이 어린이 미술대회이다. 물론 공주 국제미술제, TJB 형상 미술대전과 같은 굵직한 연례행사를 치르고는 있지만, 잊지 않고 지역 작가들에게 전시의 장을 열어 주는 향토 작가 초대전을 빼놓지 않으신다.

교수님은 그의 그림만큼이나 참 순수하시다. 이름은 해방되던 날 태어났다고 선친께서 '임동립'이라고 지어 주셨단다. 그러다가 당신께서 활동하시면서 '동' 자를 빼고 '임립'으로 쓰신단다. 이름을 한자로 풀면 수풀 '림'에 세울 '립', 계룡산 아래 나란히 나무를 심듯이 나란히 그의 뜻을 심고 사신다고나 할까?

그의 그림은 천진하다. 숨은그림찾기 하듯, 온통 동화적인 소재들이 숨어 있다. 꽃 한 송이, 새 한 마리, 어느 틈이든 어린이들이 뛰어나와 놀게 하는 어릴 적 향수가 묻어나는 서정적이거나 설화적인 느낌이다.

초기의 작품에서는 생략되고 단순한 색과 선으로 그렸다고는 하지만 이미지를 느낄 수 있었다. 그러나 후기의 그림에서는 사물의 형태가 사라지기 시작하면서 완전한 추상으로 돌아선다. 사람의 이미지들에서 자연의 이미지로, 그리고 긁어내고 또 그리고 긁어낸다. 추억이랄지, 동화랄지, 오래된 이야기가 어렴풋이 평면에 배치된다. 있는 듯 없는 듯, 나타난 듯 숨어 있다. 어쩌면 그것은 그의 미술 세계, 혹은 유년의 기억이 파사드처럼 전면에 세워지는 것일 수도 있겠다.

도시에 살았다면 표현하지 못했을 색감과 함께, 그의 녹슨 기억의 회청색, 군불 때던 부엌에서 구들장의 안방을 지나 연통으로 피어오르던 연소되지 않은 짙은 연기 같은, 혹은 세월의 때가 묻은 시골집 담벼락을 닮은 황토색 벽처럼, 그 옆 장독대 옆에는 자잘한 이름 모를 꽃이 얼핏얼핏 붉게 피어 있다. 아마도 그때쯤 작업공간을 미술관으로 옮겨 와 화가로서 마음이 평화로워지기 시작했던 것 같다.

1년에 한두 번 고맙게 불러 주시는 향토 작가 초대전에 가면 같은 길을 가고 있는 비슷한 연배의 몇몇 화가 선생님들이 농담을 하신다. "요즘은 임 교수 형편이 안 좋은가, 그리는 것보다 긁어내는 것이 더 많아. 그림을 물감으로 그려야지, 다 긁어내면 뭐가 남아. 껄껄."

그러다 보니 칠하고 마르고 또 덧대어 칠하는 유화의 특성상, 한번 붓 잡았다고 해서 끝장을 보기는 어려운데 임 관장님은 아예 화폭 안으로 푹 들어가 자신이 그리는 모든 것들과 동화 같은 이야기 나누며 몇날 며칠 놀다 나오시는 것 같다. 그림이 맑다. 그의 추억은 투명하게 선만 남은 듯하다. 그러더니 갈수록 더욱 천진하고 어린이 같아지시는 것 같다.

교수님은 나를 부를 때 남들이 흔히 부르는 '김 선생'이라든지, '김 작가'라고 하는 법이 지금까지 한 번도 없으셨다. 흔한 '혜식씨'도 없었다. 처음부터 나는 교수님에게 '희식이'나 '히시기'로 불렸다. 그렇게 편하게 대해 주시다 보니, 스스럼없이 내 초기 전시 때 몇 번이고 오셔서 친히 사진을 디피(display) 해 주셨다. 내가 매달리면 한나절일 것을 손수 망치 한 번 드시면 30분이면 끝냈다.

나는 더 나이가 들면서 그 부름이 참 좋다. 편한 사람일수록 호칭이 생략된다는 것이니까. '한 번 히시기는 영원한 히시기', 누군가 나를 어렸을 적 별명처럼 그렇게 불러 준다는 건 나도 관장님 따라 그의 그림 속으로 들어갈 수 있다는 증명이니까.

좋다, 히시기.

무대 위의 남자

전생에 나라를 구했나, 연극인 오태근이 무대에 서서 장수나 왕 역할을 하면 이 사람만큼 잘 어울리는 사람도 없다는 생각을 하게 된다. 무대 위에서 지르는 그의 호령을 듣다 보면, 순간 객석은 그의 백성이나 된 듯 몰입하게 된다. 그런 사람이 허름한 역을 맡는다면 코미디가 되지 않을까. 그러다 보니 역할뿐만 아니라 그에게 주어지는 사회적인 역할 또한 대부분 '장' 자리가 어울린다. 사무국장이나 총무 같은 자리는 도무지 무대 위의 배역만큼이나 어울리지 않는다.

한국공연예술 체험마을 원장, 한국연극협회 공주지부장, 공주예총 지부장, 전국체전 개·폐회식 총감독을 거쳐 지금의 공식 직함은 충남예술총연합회 회장이다. 직함도 많다. 그만큼 지휘 능력이 되기 때문이다. 게다가 이 사람의 예술적 기획 능력 또한 자타가 공인한다. 그런 능력으로 공주에 '고마나루 전국 향토연극제'를 유치해 14년째 전국 단위의 좋은 공연을 이끌어 나가는 수장이다.

요즈음 부산이나 전주, 인천 등에서 국제영화제가 인기몰이를 하고 있다. 그러나 예술의 불모지인 연극 분야, 그것도 향토연극제는 소신이 없이는 이끌 수 없는 분야였을 것이다. 지금은 명실공히 고마나루라는 특별한 공주 이름을 달고 해마다 막을 올리니 지역의 브랜드 가치를 올리는 역할을 톡톡히 하고 있음에 틀림없다.

20년 가까이 계속 공산성에서 벌어지는 '수문병 교대식' 또한 그렇다. 매년 같은 것을 반복하는 것 같지만 해마다 업그레이드시키며 노력을 하고 있다. 또한 2016년 백제문화제 실경 공연은 지역의 콘텐츠로서의 좋은 공연을 만들기도 했다. 그는 움직이는 대로 터뜨린다.

그러나 기획력을 발휘하는 것도 좋고 지역의 문화 발전을 위하는 것도 좋지만 1년이 한 번은 진정한 연극인이 되어 무대에 서길 바라는 마음이다. 자리만 허락을 해 준다면 우리나라의 어떤 자리인들 소화를 못 하겠냐만서도 나는 가끔씩 이 사람을 무대에서 보고 싶다. 연극인으로 시작했으니 연극인으로 막을 내리길 바란다고나 할까. 그가 천부적이고 타고난 재간꾼, 진정한 연극인으로 계속 연극무대를 떠나지 않기를 바란다.

다방면에 재주꾼임에 틀림없다. 그런 지역의 괜찮은 예술인이 있다는 것은 미래에 지역의 큰 자산이 될 것이다. 더구나 훈련에 의한 것이 아닌 천부적인 재능이 있음은 말할 나위 없다. 언젠가는 무형문화유산을 만드는 군에 합류되리라 믿는다. 언젠가는 소리꾼 박동진 선생님이 우리 예술계의 지주가 되시는 것처럼.

뜻이 맞는다고 해서 개인적으로 함께 차 한잔한 적 없지만, 행사장에서라도 이 사람을 만나면 나는 괜히 듬직해서 기분이 좋다.

백제 춤을 추는 춤꾼

가끔씩 서울도 아니고 대전도 아닌, 내가 살고 있는 지방 도시 공주에서 수준 높은 공연을 한 편 보고 나면 괜히 내 수준도 높아진 것 같다. 이런 소도시에서 가끔씩 수준 있는 춤 공연, 그것도 무료일 때가 많고 아닐 때는 참 착한 가격에 유치해 주니 고맙고 또 고맙다. 공연은 우리에게 큰 선물이다. 가끔 이렇게 큰 선물을 준비해 주는 사람은 최선 공연단과 백제춤전승보존회를 이끄는 최선 교수이다. 그러고 보니 그를 대표하는 직함이 생각보다 많다.

그러나 나는 최 교수를 일컬을 때 단지 '춤꾼'이라 부르는 것을 좋아한다. 타고난 춤꾼이기 때문이다. 그 열성은 아무도 못 말린다. 한 번 공연을 올릴 때마다 몇 달 전부터 얼마나 공을 들이는지 거의 혼을 놓다시피 한다.

그런 최선 교수를 두고 나태주 시인은 "번번이 느끼는 일이지만 최선 교수는 춤에 미친 사람이다. 인생의 전부를 건 사람이다. 불광불급(不狂不及)이라니, 미치지 않으면 도달하기 어려운 세계가 있다."고 말한다. "도대체 춤이 무엇이건데, 그녀는 그렇게 지악스럽게 춤에 매달리는 건지 모르겠다가도 춤을 보면 조금 이해가 될 듯도 하다."고 그의 춤 소개 글에 적을 만큼 춤꾼인 최선과 함께 춤의 클라이맥스까지 올라갔다가 내려오면 마음이 함께 평안해지고 정화되는 춤의 조홧속을 이제는 나도 조금 알겠다.

전국 규모의 서울 무대도 아니면서, 왜 그렇게 몇 달씩 맹렬히 연습을 하는 걸까. 그러나 보고 나면 출연한 최선 무용단 모든 친구들의 치열함의 이유를 알게 된다. 에너지의 전파이고 춤 바이러스의 확산이다. 하여 불광불급에 응원을 보낸다.

그런 열정이 불씨라면 그때 나는 너무 큰 불씨를 만난 것 같다. 한번 높여 놓은 문화 수준은 내려가지 않는 법, 그녀가 춤에 맛 들여 놓았으니 공주의 문화 예술인들은 자존심을 걸고 좋은 작품을 보여 주어야 할 의무가 있지 않나 하는 생각이 든다.

잠시 그녀의 공연 얘기로 돌아가자. 〈백년인연〉이라는 작품은 고마나루 전설을 소재로 한 춤극인데, 공주는 예로부터 '남자는 쟁(箏)과 피리를 좋아하고, 여자는 가무(歌舞)를 좋아한다'고 했다는 이야기를 자막으로 설명하면서 공주가 예술성 있는 도시라는 것에 자부심을 갖게 만들면서 춤을 시작한다. 춤을 추기 전에 춤을 통해 공주를 해설하고 공주를 통해 춤을 보여 주는 것이다. 그걸 보면 그녀도 어지간히 공주를 좋아하는 것 같다.

그러나 역시 공연은 그 흔한 사랑이나 이별이 들어가 줘야 제맛이다. 재미를 몰아간다. 역사를 배경으로 하는 춤도 적당한 통속은 우리의 눈을 촉촉이 적셔 준다. 역시 노련하다.

극 중 고마와 나그네의 사랑은 리얼하고 이별을 처절했다. 역을 맡았던 고마와 나그네, 진희와 용환은 사랑과 이별이 마치 제 것인 양 사랑을 하고 이별도 한다. 사랑을 알면 얼마나 안다고, 이별을 알면 얼마나 안다고, 사랑을 했다가 또 그렇게 슬프게 이별을 하는 것일까. 이별도 그쯤 되니 그들이 추는 춤이라도 퍽 아름답고 슬프다.

우리의 고마나루 전설이 그렇게 슬펐던가? 단지 무용수들이 극 속에서 사랑하다 이별하는데 왜 눈물이 나는지 신기할 따름이었다. 춤이 갖는 상징적인 몸짓에다가 이해가 쉬운 스토리텔링을 입혀 춤극으로 전개시키니 백제 이야기도 쉬워졌는지 공연 중간에 박수가 터져 나오는 이례적인 일이 일어난다. 그쯤이면 재해석은 대박이었다. 그래서 이제는 믿는다. 영화가 아닌 춤을 보고 울어 보았으니까.

그녀가 시도하는 야심작이 하나 더 있다. 매해 5월이면 공산성에서 올리는, 〈공산성 춤, '사마 이야기'〉는 백제 기악을 춤으로 재창출하고 극적인 요소를 가미시킨 춤극이다. 공주의 역사적인 소재로 자신이 할 수 있는 다양한 시도와 접근을 한다. 백제춤을 가르치기 위해 여기저기서 강습을 하기도 한다. 누가 시켜서 하나. 그것도 팔자인지 재미있어하며 뛰어다니니 말릴 수 없다. 그러나 공주 입장에서 보면 한없이 고마운 일이다. 공주를 우려먹다 보면 무언가가 나오겠지. 나는 즐길 준비만 하면 되는 거겠지.

이제는 백제춤 하면 한판 거나해진다. 몇 백 명도 동원할 수 있다고 장담을 한다. 아주머니, 아저씨, 학생, 어린이 할 것 없이 노래만 나오면 공주 사람 모두 다 들썩들썩 어깨부터 올라가고 몸이 돌아가게 하는 것이 꿈이란다. 사실상 말은 안 했지만 기대 반 걱정 반이었는데, 그러나 이제는 걱정 끝!!

가문의 영광 '명장 1호'

　우리나라 목공예 부분 명장 1호 유석근, 그에게는 가문의 영광인 호칭 하나가 평생을 영광스럽게 따라다닌다. 그러나 때로 그 칭호가 그를 옭아매는 족쇄가 된 적은 없었겠는가? 그러나 그것 또한 전생부터 팔자였을 것이고, 이다음에 다시 태어난다 해도 필경 또다시 나무를 깎아야 할 팔자가 될 사람임에 틀림없다.

　이 사람과의 인연은 참 오랜 시간 전으로 올라간다. 내가 처음 시집을 와서 시어머니의 식당을 도울 때, 이 사람은 그 식당에서 결혼식 피로연을 했다. 식당 옆 목화예식장에서 결혼을 하는 사람은 으레 이학식당에서 피로연을 했었다. 결혼식을 마치고 손님맞이 하러 2층에 올라갔다가 내려오며 얼핏 부딪친 시선이 인연의 시작이었다. 그때 그는 이미 우리나라 명장 1호가 되어 있었다. 그런 그를 자랑스럽게 생각하던 그의 아버지를 알고 있었기에 유심히 본 것이 처음 인연이랄까?

　그리고 같은 지역에서 같은 예술 활동을 한다는 이유로 문화원으로 어디로 여기저기 서로 얽혀 격려하는 문화 예술인으로 동지가 되었다. 그리고 지금은 형제 같은 마음으로 함께 늙는 처지가 되었다.

　그는 한 우물만 파던 사람이라 다소 각이 진 사람이라고 볼 수도 있다. 그러나 그런 각짐이 지금의 그를 만들었다고 본다. 언젠가 그는 명장이라는 이유로 다른 도시에서 제법 큰 제안을 받기도 했었다. 오로지 작품 활동에 몰입할 수 있는 작업실, 집, 그리고 차까지 모든 경제적 지원을 해 줄 테니, 그 지역 작가로 활동해 달라는 제안이었다.

왜 갈등이 없었겠는가. 그는 공주를 떠나 공주 밖의 사람이 되는 것을 원치 않았다. 고향을 버리는 것은 자신의 정체성을 버리는 일이라고 했다. 그리고 지금 그는 자신이 작가로 활동하면서 평생에 제일 장한 일은 그 유혹을 떨친 일이라고 한다.

어쨌거나 외골수라서, 공주를 외곬으로 사랑해서 공주를 떠나지 못한 것 같다. 그런 갈등의 순간이 더 공주를 더 사랑하는 계기를 만들지는 않았을까 생각한다.

그리고 그 사랑을 실천해야 하는 순간을 만났다. 어느 날 백제 기악탈 공연 관련해서 같은 문화 활동을 하는 지인 몇 명이 제주도를 방문했을 때, 심우성 선생님으로부터 백제 기악탈을 복원해 보지 않겠냐는 제안을 받은 것이다. 부친 심이석 옹이 복원한 탈의 일부를 분실한 모양이었다.

"유석근 선생! 자네가 없어진 나머지 좀 다시 깎지?" 한 마디에 "네, 그렇게 하겠습니다."라고 그 자리에서 앞뒤 볼 것 없이 철석같은 약속을 하고 만 것이다.

어른께서도 생각지도 않던 제안이었고, 대답하는 사람도 어르신 말씀인지라 지상명령 따르듯 대답부터 한 것이다. 아마도 선생님께선 명색이 '명장 1호'라는데 그 정도는 맡겨도 되겠지 하는 믿는 마음이 순간 드셨던 모양이었다.

그는 깎던 소반을 잠시 뒤로하고 3년을 매달려 24개의 백제 기악탈 복원에 심혈을 기울였다. 연구를 통한 나름의 기악탈 분석과 복원, 그리고 '백제인을 닮은' 탈을 복원하였다. 신기하게도 순해 보이는 탈이 만들어진 것이다.

지역의 어른 말씀이라면 허투루 듣지 않는 사람, 잘 새기고 받드는 사람, 그 사람이 이제는 듬직하다.

전생에 나무였다면

느티나무였을 사람

이담에 다시 태어난다면

느티나무로 태어나고 싶다는 사람

나무결만 만져 봐도

어떻게 살았는지 훤히 안다

아름다운 결일수록

살아온 날들 고달프고

고달플수록 단단해진단다

그런 나무 골라 다듬으며

전생을 달래주고

이승을 달래며 산다

결을 만지며

느티나무로 사는 사람

누구에게는 밥상으로

누구에게는 찻상으로

받쳐 드는 마음이 아니고서야

  – 김혜식, 「소반을 만드는 사람 – 유석근 명장에게」

우리 것은 좋은 것이여

　이름 석 자보다 '우리 것은 좋은 것이여!'로 해야만, "아! 그분?" 하고 얼른 알아듣는 박동진 선생은 이름을 알리기 위해서라기보다 우리 판소리를 알리기 위해 기꺼이 우황청심환 광고를 찍으셨단다. 그뿐인가 예능 프로도 마다하지 않고 나가셨다. 덕분에 국악판이건 어디건 '우리 것은 좋은 것'이라는 자신감을 회복하는 계기를 만들어 주셨다. 그리하여 이제는 그분이 공주 사람인 것이 공주 사람의 자존심이 되었다.

　1916년에 충남 공주시 장기면 무릉동 365번지에서 태어나셨다는데, 태어난 지 100년이 되어서야 진정한 공주 사람임을 자랑할 수 있게 된 이분, 다른 지역에 비해 약간은 더딘 공주 사람들이라서 뒤늦게서 쑥스러운 듯 "같은 고향 사람이유" 한다, 느릿느릿.

　그래도 이분이 공주 사람이란 것을 모르는 사람이 아직도 많다. 해마다 박동진 판소리 대회가 공주에서 개최될 때면 전국 방송에서 공주 사람 박동진 선생을 소개하거나 공주의 제법 큰 사거리마다 대형 안내판을 세워 홍보했건만, 판소리라는 분야가 가요보다 전파력이 약해서인지 "우리 것은 좋은 것이여!!" 그렇게 외치셨어도 이제야 "으음~ 그분?" 한다.

　그러나 한 사람의 소리꾼이 태어나기까지 그가 겪은 고초는 차마 입에 담기 민망할 만큼, 스스로를 담금질한 어르신이셨다. 할아버지는 줄광대, 숙부는 또랑광대인 예인의 집안에서 태어났으니 그 피가 어디를 갔을까만서도 그 시절 한 사람의 예인이 된다는 것은 피를 쏟는 일이었으리라는 것을 짐작한다. 우리가 각고의 노력을 할 때 말하는 '피를 쏟는 심정'을 그는 현실로 겪고 또 겪었다고 했다. 오죽하면 똥물을 몇 십 사발이나 들이켰을까.

박동진 선생은 생전에 '내 스승은 여덟이나 된다'고 자신 있게 말하곤 했단다. 누구누구의 수제자란 꼬리표가 출세에 도움이 되던 시절, 다양한 소리제를 한 몸에 받아들여 중고제였다가 동편제였다가 서편제로, 그러나 결국엔 어느 누구의 소리도 닮지 않은 자신만의 것으로 독공 하여 완성하였다고 한다.

그에 대한 여러 일화 중 재미있는 일화는, 서슬이 퍼런 5공 시절 전두환 대통령 앞에서 공연하던 도중 "저기, 저 머리 벗겨진 놈, 아직도 정신 못 차렸어~~"라고 퍼부은 일이다. 그래도 한바탕 웃음으로 넘어간 것은 판소리 자체가 현장에서 받은 욕에 가까운 걸쭉한 재담과 노골적인 해학으로 세상 사람들의 울분을 해소해 주기 때문이다. 이럴 때 청중을 들었다 놓을수록 수준 있는 소리꾼으로 인정받았다고 한다. 어쨌거나 그는 2003년 늦었지만 유네스코 세계무형문화유산으로 지정되었다. 우리나라 전 판소리 부분 완창의 경신 기록은 기네스북에 올라 있을 만큼 이루 셀 수도 없다.

그리고 지금 그의 뜻을 받들어 공주에서는 그가 태어난 무릉동에 박동진판소리전수관을 지어 그의 수제자 김양숙 선생이 운영하고 있다. 그러나 해마다 열리던 박동진 판소리 대회가 그의 탄생 100주년이 넘자마자 예산 지급상 진행이 위태롭다는 얘기를 들었다. 말도 안 되는 얘기이다. 우리 것은 좋은 것이라는, 세계적으로 경쟁력 있는 구호는 어쩔 것인가. 박동진 선생이 무릉동 사람만 아니었대도 또 다른 지역으로 빼앗겼을지도 모를 일이다.

"어르신! 냅다, 해 부쳐 주소!" "저기, 저 머리 벗겨진 놈, 아직도 정신 못 차렸어~~"라던 그 기세로. 공무원도 혼날 땐 혼나야 합니다.

화가가 사는 언덕

　인상파 화가 클로드 모네는 시시때때 달라지는 빛으로 루앙 대성당을 수십 점이나 그렸다. 성당을 그린 것이 아니라 시간마다 달라지는 빛에 따라 색을 칠하다 보니 형태가 되었다고 말했다. 그에게 루앙 대성당은 아무리 그려도 지치지 않을 평생의 소재였다. 성당을 그리는 일이 얼마나 힘든 작업이었던지, 1892년 그의 아내에게 보낸 편지에 '어느 날 성당이 무너져 내리는 악몽을 꾸었는데 그게 파란색으로 혹은 분홍색으로 아니면 노란색으로 무너져 내리더라'라고 썼을 만큼 성당의 빛 속에서 살았다. 그렇게 성당이 무너지는 빛을 그리고 또 그렸다. 빛의 세기, 빛의 각도, 계절마다 달라지는 대기 상태, 그 조홧속의 성당을 둘러싼 기운을 색으로 표현했던 것이다. '아침빛으로 다가오는 밝은 햇살의 푸른색과 황금색의 조화', '맑은 날 아침의 푸른색의 조화', '저녁노을에 붉게 타는 성당'. 더 마음을 먹었다면 수십 점이 아니라 수천 점도 그렸을 듯하다.

　흔히 사진도 빛의 예술이라고 한다. 그래서 사진도 어떤 조건의 빛을 찍느냐에 따라 사물은 사뭇 달라진다. 아침 빛과 저녁 빛에 따라 다를 뿐만 아니라, 두 눈에는 건물이 그림자에 숨었을 뿐인데 사진에서는 검은 암부로 숨어 아예 인지하지 못하도록 할 수도 있다. 눈으로 보는 것과 달리 기계적 장치를 이용해서 표현하기 때문이다. 일부러 그림보다 심한 노출의 세기로 빛의 왜곡을 표현하기도 한다. 따라서 갔던 곳이나 한 번 찍었던 곳을 다시 간다 한들 매번 같은 사진이 나올 리 없다. 그러니까 모네가 수십 번의 루앙 대성당을 그리듯, 수십 번의 골목을 찍는다 해도 매번 다른 얘기를 할 수 있다. 게다가 서로 다른 추억이 그곳에 다른 얼굴로 존재한다는 매력을 안 이상, 같은 골목을 찍고 또 찍을 수밖에 없다.

루앙 대성당의 서쪽 파사드를 그린 그림인지 아침 햇살을 그린 그림인지 보는 이에 따라 사뭇 달라지는 모네가 있듯이 공주에도 모네를 닮은 작가가 있다. 그 이름은 '이광복'이다. 그림 하나에 대한 열정으로 혈혈단신 그리스로 가서 자신의 인생에 '광복'을 찾은 화가이다. 70세 가까이 되어 공주가 좋아 고향으로 돌아온 화가, 이광복 화백은 그리스에서 사과를 연작으로 그렸던 작가이다. 1년의 날수만큼 365점의 사과를 그려 전시를 했는데, 숫자만큼의 빛을 사과에 표현했다. 사과 작가라기에 사과만을 그린 작가인 줄 알았다. 그러나 그분의 인터뷰 사진을 찍기 위해 공산성 한 번 같이 오르며 몇 마디 나누고 그의 사과 얘기에 그만 그가 가졌던 사과를 읽어 버렸다. 그의 사과에서 삶의 색을 보았고 빛을 느꼈다. 그뿐이랴, 그는 꿈을 그렸고 그리움을 그렸으며 말라 비틀어져 가는 외로움을 그렸다는 걸 알았다.

얼마 전 문화원 초대전시에서는 오픈잔치를 위해 트로트를 배웠다고 했다. 서울 예술의 전당도 아니고 유럽의 대미술관도 아닌 공주 작은 문화원에서 벌여 주는 전시회가 황송해서 트로트를 배우고 걸맞는 춤을 추겠다고 벼르다니, '고향이 뭐라고' '슬쩍 끌어당겨 주는 손길이 뭐라고' 눈물까지 적시며 감동하는가. 그리스에서 제법 큰 제안으로 잡아끄는 손길 마다하고 공주로 오는 그의 발걸음 얼마나 날아갔을 것인가. 그리고 실제로 전시 때에는 그리스의 조르바 춤과 뽕짝으로 눈시울을 적셨다.

고향이란 그런 것이 아닐까, 누구에겐가는 지독하게 그리운 꿈. 그런 그가 아주 돌아와 중동성당 옆에 둥지를 틀었다. 사과를 그린 이광복 화백이 사는 동네, 성당 오르는 언덕 위 높은 집을 사서 성당 첨탑이 보이는 쪽에 창을 내고 화실을 만들었다. 그리고 건너편 아침 햇살의 공산성을 바라보며 차를 마시고 꿈을 꾼다. 그의 고향에는 무엇이 남아 있었을까? 그중에는 '첫사랑 순이'도 있지 않을까? 저녁에는 미나리꽝 데부뚝길(둑방길을 그렇게 불렀다)을 데이트 삼아 걸었을 수도 있었겠다. 나는 때때로 공주 사람들보다 더 많이 공주에 대해서 안다. 우스운 일이겠지만 어쩌다 보니 그렇게 되었다.

그는 집에 오르는 언덕길은 사랑스럽고 어느 길로 내려가도 되는 여러 개의 골목이 많은 언덕집이 좋다고 그랬다. 성당 아래 골목 천막 오뎅집 앞에서 반갑게 만난 적이 있다. "우리 같이 오뎅 먹을래요?" 스스럼없이 길거리에서 꼬치 몇 개를 나눠 먹은 적이 있다. 그러나 대부분 시내에서 그를 만나면 모른 체한다. 그는 공주를 즐기고 있는 중이니까. 골목을 즐기는 일, 그건 나도 마찬가지 일 때가 많으니까. 그렇게 그 사람은 추억을 핑계로, 나는 사진을 핑계로 골목을 탐색하길 즐긴다.

추억을 공유하고 골목을 공유하는 건 같은 고향 사람이란 얘기이다. 태어났다는 이유 말고도 다른 고향을 함께 나누는 것이다. 국고개 슈퍼 옆 공주에서 제일 좁은 골목길을 가 본 사람, 반죽동 고개 너머 시엣골로 가는 길을 넘어 본 사람, 또 가다가 언덕마루 우물가에서 참견해 본 사람, 풀꽃 문학관 앞에 베어져 버린 은행나무를 아쉬워하는 사람, 혹은 제민천에서 멱 감아 본 사람 등등, 법원 앞 쌍화탕 다실, 아루스사장, 선교사의 집 등, 이 정도의 시시콜콜한 기억이나 은밀한 기억으로도 한나절을 즐길 수 있으면 금세 함께 고향 사람이 되는 것이다. 태어나고도 모르는 사람보다 함께 즐길 줄 아는 사람이 고향 사람이다.

누구에겐 골목이 말랑말랑하게 혹은 딱딱하게 굳어 간다. 시시콜콜한 골목을 자신들의 색깔로 칠해 나간다. 모네처럼, 혹은 이광복처럼 자기들만의 고향을 만들며 산다.

다예원 골목에 대한 안부

예전에 다예원이라는 찻집을 하던 안연옥 언니를 오래전부터 알고 지냈다. 다예원은 내가 살던 도로변에서 우체국 쪽으로 중동 세 번째 골목 찻집이었는데, 찻집을 하며 시를 쓰던 언니는 자신의 찻집을 글판 사람들에게 내어주며 글판의 아지트로 만들었다. 아니, 그런 사람들이 모이니 서서히 그렇게 되어 갔다. 찻집에 들어서면 연탄난로에서는 겨우내 올려진 찻주전자에서 시어들이 폴폴 끓는 듯했다. 따르기만 하면 따끈따끈한 신작 시가 되어 나왔다. 그리고 그녀는 차를 파는 일보다 시인들의 언니이거나 누나로 가족처럼 시 안에 들어앉아 살았다. 그때만 해도 그런 그녀는 골목에 바람을 만들어 내는 낭만적인 여자로, 골목을 바람 잘 날 없는 바람골을 만들었다. 사람들은 그런 골목을 찻집 상호를 붙인 '다예원골목'이라 불렀다. 골목에 들어서면 바람결에 시들이 또로록 굴러다니는 듯했다. 실제로 그 골목엔 모퉁이 바람처럼 바람이 많았다.

그때 그녀는 배고픈 시인으로 살았다. 그러나 '낭만이 밥 먹여 주나?' 다예원은 점점 배고픈 풍경이 되더니 그녀의 시까지 쓸쓸해져 갔다. 우스운 일이지만 그때 쓴 「가난」이라는 시는 제법 인정을 받기도 했다. 그러나 시로 배가 고프면 몸도 고달프다. 결국 '배고픈 시인인 적'은 거기까지였던 것 같다. 안연옥 시인에겐 어쩌면 징한 것이 '시'라서, 안에서 살 수도 없고 밖에서 살 수도 없는 애물단지였을지도 모르겠다. 그때는 어느 누구도 시로 배부른 사람은 없었던 것 같다. 늘 시에 허기지고 시로 배를 채우고 싶어 했다. 그 틈에서 자기는 배곯아 가며 남들은 시를 배부르게 해 주고 싶었던 사람, 그런 사람이 연옥 언니였던 것 같다.

그리고 얼마 후에 그녀는 다예원을 접었고, 운명처럼 따라붙었던 '다예원 안연옥'에서 연잎밥 제조공장인 '연우당 안연옥'으로 갈아탔다. 사람은 생긴 대로 살게 되는가 보다. 얼굴대로, 이름대로, 운명의 길이 열리게 되어, 팔자처럼 육십을 훌쩍 넘긴 지금 제법 큰 '연우당'이라는 상호의 농업 법인체를 만들고는 10년 째 연잎밥과 떡에 빠져서 산다. 이제 그녀는 우리나라 처음으로 연잎밥 시판에 들어간 전국 단위의 어엿한 사장이 되었다. 아니 더 나아가 베트남이나 중국에 공장을 만들어 더 큰 판으로 나가 볼까 궁리 중에 있는 큰 사업가로 변신했다. 그녀의 입버릇처럼 '사는 자체가 시'라더니 정말 잘 쓰는 시인이 되었다고나 할까. 언니 식대로 안연옥 시인의 시는 치열하다 할 만큼 발바닥에 불을 붙이고 삶의 행간에서 다음 행간으로 널을 뛰고 다녔다.

그래도 언니는 본래 시인이다. 10년 전쯤, 연우당보다 시인으로 먼저 알았던 안연옥 시인이 시를 뒤로하고 연잎밥과 인연을 맺기 시작했을 때, 시를 점점 멀리하는 듯해 보여 보다 못해 투정을 부린 적이 있었다.

"언니야, 이제 시는 안 쓰는 거니?"

"시? 사는 자체가 시인데, 시는 무슨?"

대답이 그랬었다. 시인의 대답치곤 대책이 없다 싶었다. 그래도 그녀에겐 연잎밥집 사장이 아니라 시인이 잘 어울린다. 그리고 사람들은 다예원 시절의 추억을 많이 그리워한다. 그리고 기다린다.

다행히 그녀는 처음 떡집을 시작하며 시인을 접은 것이 아니라, "연우당에 딱 맞는 떡으로 시를 써 보련다."고 말했다. 이 농담 같은 말이 그녀가 떡 만드는 모습을 보면 그 어떤 시보다 좋은 시를 쓰게 될지도 모른다는 생각이 들게 한다. 아니 이미 숱한 습작을 마친 후의 모습이다. 본래 '떡 주무르듯 한다'는 말은 어떠한 일이 아주 손에 익었거나 마음보다 손이 알아서 할 때 쓰는 말인데, 네모나게 썬 찰편을 날개 같은 비닐로 싸서 또르르 말아 올리는 반복되는 솜씨는 시의 후렴구 같다는 생각을 하게 한다. 시심을 키우고 있었다는 걸 알게 한다.

떡은 대체 그녀에게 무엇이었을까? 시(詩)에서 차(茶)로, 밥에서 떡으로 너무 멀리 가는 것은 아닐까 싶어 시의 안부를 묻기도 한다. 태연하게 글 쓰는 게 더 자연스러워졌다는 그녀, 떡을 만들면서 틈틈이 떡 이야기를 50꼭지쯤 썼단다. 그랬구나! 사는 건 결국 '원(圓)'이라는 의미를 다시 생각한다. 삶이란 깊이 돌면 본래와 만난다. 그녀는 떡으로 시를 쓰고 있었음을 알게 된다. 그쯤이면 연우당으로 살도록 두어도 되겠다. 믿는다.

"그래, 언니야. 언니가 찌는 시는 이제 좀 뜸이 들었는가?" 잘 익었거들랑 싸들고 다예원 골목으로 돌아오길 바란다. 와서 한판 풀자. 더 욕심을 부려 보자면 벌 만큼 벌거들랑 후배 시인들의 사랑방으로 다예원도 하나 다시 만들었으면 좋겠다. 그러다 보면 글쟁이들은 예전처럼 골목에 부는 바람을 싸 들고 다예원으로 들락거리게 되지 않겠나. 그 골목은 시인의 골목으로 불리겠지. 시가 만들어지는 골목, 생각만 해도 참 낭만적이다.

제민내가 재밌네

"본 지 한참 된 것 같아요, 다녀간 지 한참 되었는데 보고 싶어요."라는 안부를 아는 언니로부터 전해 들은 그다음 날로 '제민내'엘 들렀다. 커피숍이라기보다 캐피어숍이라고 하는 게 훨씬 나은 '제민내'라는 카페로 알게 된 인연이다. 내가 뭐라고 나를 기억해 주고 보고 싶어 한다니 황송한 일이었다. 누구든지 보고 싶다고 할 때 얼른 달려가야지 하는 맘으로 달려갔다.

몇 년 전 제민천을 주제로 개인전을 할 때 '제민내'를 찍어 걸었던 인연으로, 남편 되시는 분이 내 사진 한 점을 선뜻 사 주신 인연으로, 또 빈집 갤러리 때 함께 작가로 참여했던 인연으로, 걸려 있는 내 사진을 보러 종종 갔던 단골을 자처한 집이었다. 그리고 어찌어찌 하다가 바쁘다는 핑계로 뜨음하게 발걸음하게 되었는데 나를 보고 싶어 한다니 냉큼 달려갈 수밖에, 나도 문득 보고 싶어졌다.

쥔장은 공주사대 미술과에서 미술을 전공한 박용옥 작가이다. 구석구석 자신의 작품, 남의 작품 번갈아 가며 전시하고 채워 놓으며 아기자기하게 노는 모습이 언제나 참 이쁘다. 들르면 주방 공간인 안쪽에서 손으로 무얼 만들고 있거나 책을 읽거나 늘 조용하게 자신에게 몰입하고 사는 듯하다.

저런 조용한 성격으로 장사란 걸 할 수 있을까 싶을 만큼 걱정스러웠는데, 신통하게 너무 잘하고 산다. 그냥 자신의 작업장에 들른 사람 차 한잔 대접하듯, 편하게 커뮤니티를 만들어 가며 산다. 그리고 미술을 전공한 사람들이 모여 만든 바탕회원으로 활동하며 꾸준히 작품을 내놓는다.

이 집의 대표 메뉴로 내놓은 캐피어(Kefir)는 생명공학을 연구하는 남편이 개발한 요구르트와 비슷한 유제품으로 티베트의 버섯이라 불리는 캐피어를 발효시킨 것이다. 제민내에서 커피만 마시고 나오면 아쉬울 만큼 고급진 메뉴이다. 그렇듯 여유 있고 캐피어만큼이나 고급지게 살아가는 건 남편 덕인 것 같다. 일찌감치 원도심 바람이 불기 전에, 제민천 붐이 일기 전에 우체국 건너편 제민천 가에 건물을 사서 살림집과 카페를 하도록 해 주었다고 한다.

그리고 그 안에서 그녀의 작품처럼 여성스러운 필치로 살아가고 있다.

맛깔나게 사는 사람들

직조공장을 개조한 건물에 '맛깔'과 '고가네칼국수'가 자리를 잡았다. 아버지 고 사장님의 직조공장이 있던 자리다. 시어머님은 한때 시내에서 직조공장들을 주름잡던 분들을 고 사장님이나 한 사장님이라고 불렀다.

그리고 직조공장은 유구이던가 그쪽으로 옮겨 가고 그 자리에 리모델링을 해서 그의 자손들이 '고가네칼국수'와 '맛깔'이란 이름으로 칼국수집과 두부요리집을 하며 산다.

집은 모두 금강 비엔날레 위원장이신 고승현 선생님의 안목으로 개조하여 공주의 훌륭한 명소가 되었다. 구도심권에서는 멋이나 맛 면으로 보아도 탁월한 맛집에 되었다. '깔'이 고승현 선생님 손에 의해 이렇게 근사하게 탄생할 줄 몰랐다. 역시 예술가의 안목이 깔난다.

맛깔, 빛깔, 때깔, 성깔, 예술에 대해서만큼은 한 '성깔' 하는 고승현 선생님의 깔들을 모아 '때깔' 나는 집을 만들어 놓으니 집이 '빛깔' 난다. 그러나 이러한 예술가의 '깔'을 지닐 수 있도록 내조하는 아내의 맘씨도 또 보통이 아니다. 남편이 하는 일 모두 예술이려니, "난 예술가의 아내잖우? 예술가의 아내는 배고프잖우." 해서 배고플까 봐 시작했다는데, 지금은 마음놓고 예술가로 살아도 될 만큼 내조의 여왕으로 아내 역시 한 '깔' 하면서 산다. '깔'이란 단어로 한참 두 내외를 추어올리다 보니 내가 해 놓고도 '참 적당한 단어를 찾아냈구나'라는 생각이 든다.

내친 김에 더 이어 가자면 음식의 맛도 깔난다. 그리하여 자신 있게 '맛깔'이란 간판을 걸고 아내가 가게를 맡아 운영하는데, 아침마다 '두부팩토리'란 뒷쪽 공장에서 두 내외가 만드는 두부가 만들어져 나온다. 사는 방법도 두부처럼 말랑말랑한 듯 탱글탱글하게 소박한 깔을 지닌다.

공주는 이들처럼 예향이란 이름에 걸맞게 깔나게 사는 사람들이 제법 있다. 나는 이들의 깔을 모두 인정하므로 공주를 사랑하는 사람이 되었는지도 모르고 그래서 공주는 어울려 살 만하다고 자부하면서 산다.

VINTAGE LIFE, 루치아의 뜰

　공주농협 뒷골목, 맛깔 가는 길목에 '루치아의 뜰'이라는 찻집이 있다. 찻집을 내고 싶어 하는 아내를 위해 남편이 함께 매주 구도심권을 물색하다가 같은 믿음생활을 하는 스텔라 할머니가 살던 오래된 옛집을 샀다는 것이다. 그리고 '루치아'라는 아내의 세례명을 붙여 '루치아의 뜰'로 만들어 수리를 해서 선물로 주었다. 덤으로 찻집을 내는 변신의 과정을 사진에 담아 『빈티지 라이프(VINTAGE LIFE)』라는 책을 한 권 엮어 선물했다. 그것이 찻집 '루치아의 뜰' 탄생 배경이고 그들의 알콩달콩한 사랑 이야기이다.

　그들이 말하는 빈티지한 삶은 오래되고 낡기보다 누군가의 손때 묻은 풍경을 지키는 일이었다. 전에 살던 할머니가 '장미'라는 담뱃갑으로 만든 원형 발받침을 밟고 들어서면 전에 살던 할머니에 대한 향수가 불쑥불쑥 튀어나오도록 했다. 그들이 그들의 방식대로 할머니 집을 꾸몄듯이 우리는 우리 식대로 할머니를 즐기라 한다.

　우리는 할머니가 쓰시던 자개가 박힌 서랍 상판을 뜯어 만든 작은 테이블에서 영국 홍차를 우아하게 마시거나, 부엌 구석에서 찾아낸 대선제분 포대 자루로 만든 쿠션을 끌어안고 차를 좋아하는 주인장과 한참 수다를 떨 수가 있다.

　자개 문양을 한참 들여다보노라면 푸드덕 새 한 마리가 차고 오르며 날개가 반짝인다. 아, 자개가 빛나더니 이 집 처마 끝에서 새 한 마리 지저귄다. 그렇게 할머니의 궁상떨던 소품들이 여기서는 돈으로 살 수 없는 최고의 소품들로 사람들에게 탄성을 짓게 만든다. 아무 자리에나 던져둔 듯하지만 모든 것이 완벽한 연출처럼 이 집 쥔장의 손으로 와서 새로운 추억이 될 준비를 한다.

낡은 다락을 개조하여 만든 다락찻방은 이 집에서 제일 인기가 좋은 자리이다. 녹슨 파란 대문 안으로 누가 들어오나 훤히 보이는 다락방, 사람들은 삼삼오오 재잘거리며 추억 속으로 들어온다. 우리들의 할머니를 보러 온다. 그리고 모처럼 편하게 옛집 다락방에 앉아 할머니에 대한 수다를 오래도록 떤다.

나도 내 할머니를 추억하며 수다를 떤다. 다른 집 할머니는 손자 손녀들에게는 후한 것 같은데 우리 할머니는 우리에게도 후한 편이 아니셨던 것 같다. 우리가 먹을까 봐 높은 안방 다락에 꿀단지를 숨겨 놓으셨다. 꿀단지는 할아버지를 위해, 더러는 하나밖에 없는 아들을 위해 가끔씩 뚜껑이 열렸을 뿐, 우리에게는 아플 때 먹는 약이었다.

그러나 우리가 용케 꿀단지의 비밀을 알게 된 날, 쥐가 곳간 들락거리듯 베개 포개 놓고 다락방에 올라 다녔다. 몰래 올라가서 꿀을 찍어 먹었다, 동생과 나도 서로 모르게. 그러다 어느 날 들통이 났는데 그 일은 동생의 단독범으로 해결이 났다. 그리고 지금까지 이 일은 비밀에 부쳐졌다. 그런 비밀을 이곳 다락방에 앉으니 아무렇지도 않은 듯 무용담처럼 풀어놓게 된다.

여기에 앉으면 오래 못 만난 사람들과 우연히 만나는 기회를 얻기도 한다. 얘기를 나누다가 소도시 특성상 알음알음으로 알게 된 사람들과 눈 마주쳐 인사를 나누게 되고 합석하면 그 집 할머니까지 끌어들이게 된다. 그러다가 '이젠 가야지' 하고 나와 부엌을 주방으로 만든 입구에 다시 앉아 또 수다. 이 집에 오면 그런 수다가 자연스럽다.

"홍차 한잔 더 하고 가요." 붙잡으면 또다시 뭉기적거리며 주저앉는다. 이

집에서는 모든 시간이 느리게 흘러가도 좋다. 이미 할 얘기 다 했으면서 손잡으면 또다시 주저앉아 나머지 수다를 털어 내고 가야 하는 그런 루치아의 뜰.

그렇게 남편과 그니는 용케도 잘 적응하는 듯싶더니 아주 그 재미에 폭 빠져 산다. 교수이던 남편은 아예 명퇴를 하고 '루치아의 뜰'로 뛰어들었다. 그리고 뒷집 하나 더 사서 뒷집과 담장을 허물고 '쵸코루체'라는 쵸콜릿 카페를 더 만들었다. 그들은 지금 달달하게 살아간다.

찻집을 내고 보니 제민천 쪽 끝 집에 사는 금강 비엔날레 회장인 고승현 선생님과 이웃이 되었다. 그리고 함께 애정을 갖고 골목을 가꿔 나가기도 한다. 그 골목에 '잠자리 놀다 간 골목'으로 별명도 붙여졌다. 그리고 공예 하는 작가 하나 옆집으로 이사를 오게 부추겼다. 그 사람은 지금의 '아인 하우스'라는 작업실을 겸한 커피숍을 냈다. 어울려 살자고, 재미있게 살자고, 이번엔 나를 부추긴다. 옆집 석화장을 사서 갤러리를 꾸며 보라며. 한다면 대전 대흥동 산호 여인숙 같은 게스트 하우스로 구미가 당기지만, 이제 묶이는 것이 번거롭기도 하여 넌지시 접어 둔다. 나이가 들면 꿈도 접을 줄 알게 된다. 내가 대들면 그 날로 멋진 빈티지는 사라지고 빈티만 남을지도 모르는 일이니까.

239